憧憬☆カトマンズ

宮木あや子

MF文庫
ダ・ヴィンチ

憧憬☆カトマンズ　もくじ

「後藤ちゃん、カトマンズに行こう。
自分を見つめなおしにカトマンズ行こう」
［中尾・29歳］
「中尾ちゃん、それって結局
イビザになるんじゃないの？」
［後藤・29歳］

憧憬☆カトマンズ

ずっとインカムを着けていると、耳の形が変わるんじゃないだろうか。

五年前、電話受付の子たちがずらりと並ぶ、ITセキュリティベンダー「シマカンド」のコールセンターへ見学に行って思った。外資系の会社で、製品サポートおよび上位への取次ぎという業務のため、彼らに制服などはなく皆私服で、オフィスもかなりオシャレな感じだった。けれどひっきりなしに電話は鳴る。申し訳ありません、と訴えつづけている子がいる。ですからそれはうちの製品ではありませんよね、と諭《さと》しつづけている子がいる。プロバイダ契約をしていなければ、コンピュータはインターネットにはつながりませんよ、と何度も教えている子がいる。七十人体制のコールセンターは、それでも一人ひとりの席が離れているせいか、電話の会話を聞き取るのは容易そうに見えた。

ここが、水際です。

一緒に見学にきていた、私の上司となる男性は言った。見た目は小綺麗なサラリーマンっぽいが、この仕事に就く前は開発をしていたのだという。

私たちはここのひとつ上のレイヤで仕事をします。仕事の量を調整するのは、下請けである彼らの仕事です。私たちは彼らが篩《ふるい》にかけた電話にだけ出れば良い。ですから、安心して働いてください。

わけも判らず頷《うなず》いて、なんだかんだ働いているうちに五年が経った。私は二十九歳の誕生日を迎える。

誕生日の前日、大学の女友達と新宿で待ち合わせて祝ってもらうことになった。彼女は人材派遣会社の営業で忙しい。トラブル発生のため少し遅れる、とメールが入ったので、私は売店で『私たちの仕事と将来』とかいう特集が組まれている女性誌を買い、コーヒーショップで煙草を吸いつつそれをぱらぱらと眺めた。ほどなくして目に飛び込んできた文字がある。

『仕事辞めたい占い』

……なんだこりゃ。またえらくストレートな。

見開きで質問ブロックが並んでおり、イエス・ノーで答えてゆく、よくある心理テストのようなページだ。質問に答えつつ、指で辿っていったら、『今すぐ辞めなさい、会社に迷惑です』という結論に達した。ものすごく失礼だ。ていうか、最後の質問が「子供ができたら専業主婦になりたい」なのだ。こんなのイエスに決まってるじゃんか。

ひとりで憤《いきどお》って両の鼻の穴から煙草の煙を大量にふきだしていたら、うしろから友達の声が聞こえた。

「ごっめん、遅くなって」

「そんなに待ってないから平気。それより中尾ちゃん、これ見て」

中尾ちゃんは大きな黒い鞄を床に置くと、カウンター席の私の横に腰掛け、なにに、と言いながら雑誌を覗《のぞ》き込む。

「ああ、これ私も会社でやった。会社の迷惑だから辞めろって言われたよ」

「失敬じゃない？」

「だよね。子供できたら専業主婦になりたい、と思ってるだけで、子種のアテもない場合はどうすれば良いの？」

「最後の最後に、『だけど子種のアテもない：イエス・ノー』って質問を作れば良いんじゃない？」

「それでイエスにしたら、『お可哀想に』って雑誌の中の人に憐れまれるよ。それはそれでむかつく」

私はコーヒーを飲み干し、中尾ちゃんと、駅ビルの中にあるタイ料理屋に移動した。シンハーで乾杯し、なんだか色々コマゴマとしたものを頼む。

「後藤ちゃん、とうとう二十九だねえ」

「中尾ちゃんだってあと少しで二十九じゃん」

「とうとう知り合って十年以上が経ってしまったね……」

中尾ちゃんと私は、東京の僻地《へきち》にある、バカで有名なユーラシア大学で出会った。

当時中尾ちゃんは、滲《にじ》み出るサブカル臭を必死に抑えようと、女子大生コスプレをしていた。私も、滲み出る音楽オタク臭を隠そうと、無理してカラオケでエブリリトルシングとかマイリトルラバーとか歌っていた。しかしながらある日、誰か共通の知り合いが開催した飲み会で、ユーミンでミスチルでグレイな雰囲気にとうとう耐えられなくなり、トイレでひとりMDウォークマンを聴いていたら、同じように中尾ちゃんも真っ青な顔をしてトイレに駆け込んできて、便器に顔を突っ込むかと思いきや、MDウォークマンのイヤホンを耳に突っ込んだのだった。

奇しくも、私たちが聴いていたのは、同じアーマンドヴァンヘルデンの新譜だった。

「クラブもめっきり行かなくなったよね」

生春巻きのパクチーを取り除きながら私が遠い目をして言うと、中尾ちゃんも悲しそうに答える。

「もう無理。たとえ金曜でもオールすると月曜まで引きずるよ」

「だよねー……」

「行きたいイベントはいっぱいあるのにね」

「でも私たちの時代のDJはもう皆消えてる気がする」

「だよねー……」

中尾ちゃんも私も、社会人になる際に、これからはサラリーマンとして生きていこう、と誓ったのだ。四年間で私たちは充分過ぎるほどに遊んだ。若者の青春は、この四年間で謳歌《おうか》しきった。悔いはない。超就職氷河期なうえにバカ大学なので、就職活動はしてもムダと判っていた。四年の終わりになって初めて、私はスパイラルにしていた尻の下まである毛髪を、中尾ちゃんは金髪アフロを、縮毛矯正し、黒く染めた。

新卒派遣に登録して七年が経つ。

そうだ、お誕生日プレゼントを買ったの、と言って中尾ちゃんは鞄からファンシーな包みを出して私の前に置いた。

「ありがとう、なあに?」

「アロマセットと足の裏のつぼ押し器とラベンダーの香りがするアイピロー」

「うはー。癒《いや》しを求めるOLフルラインナップだね」

「後藤ちゃん絶対自分じゃ買わないでしょ」

「うん。でもこないだヴィレヴァンでモアイ像の形したティッシュカバーを買ったよ」

「モアイ像に癒されるのは女子としてイレギュラーだから。そろそろ私たち、ヴィレッジヴァンガードから離れなきゃダメだって」

「好きなのにー」

恋の話は、いつまで経っても出てこない。その代わり私たちは、上野動物園のパンダに就職したいという話で盛りあがり、いつの間にか終電になる。あのパンダの中には、絶対に人が入っていたはずだ。間違いない。

最初、私も国内のPCメーカーのコールセンターに勤務していた。今で言うところの、「右からきたものを左へ受け流す」技術が元々発達していたため、月末に集計されるお客様アンケート結果はいつも良かった。そこに目を付けた派遣の営業が、もっと上位層のサポートセンターへ私をスカウトしたのである。基本がバカなので製品知識なんて憶えられません、と断っても、彼はしつこかった。思えば人材が私以外にいなかったのだろう。サポートセンターは、コールセンター以上に人に嫌われる職種なのだ、ということを私はまだそのとき知らなかった。

コールセンターと違い、「右からきたものを左へ受け流す」だけでは、サポート業務は務まらない。製品知識は勿論《もちろん》のこと、コンピュータのOSの知識に加え、違うOSのことまで憶えなければならない。しかも会社が外資なので、ときどき英語の人が電話をかけてくる。超めんどくさい、と思いつつもダラダラと勉強していたら、一年半後くらいにはプロフェッショナルの領域に片足を突っ込んでいた。他の派遣が、右から左へ受け流す能力の欠如のため、皆辞めてしまったからである。

「後藤さん、クレームなのに、どうしてヘコまないんですか」

新人が客を怒らせた場合、私のところに回ってくる。私は平謝りし、上司にクレームであったことの報告をする。新人は新人で、自分で食い止められなかったことに少しは悪いと思うらしい。昼休みなどに、よく謝られたうえに前述の質問をされる。

「ぜんぶ、ハットリくんの声と言葉に変換するの」

私は答える。

「シマカンドさんの製品を入れたらブルースクリーンを起こした、HDクラッシュの恐れもあるからなんとかしろ、という理由で超怒ってる場合は、『シマカンドウジの作った薬のおかげで拙者のお尻が蒙古斑《もうこはん》だらけでござるよ！　しかもシシ丸がチクワを食べ尽くしたおかげで今日のカレーうどんにはチクワが入ってないでござる！　プンスカプン！　のまっき』みたいな感じで。男の子の場合は全部不二子ちゃんの声にするのも良いかも」

「……」

彼らは揃って意味が判らない、という顔をする。当たり前だ。言ってるこっちも意味が判らない。要するに、それくらい聞き流せ、ということだ。けれど、真面目な彼らはときどきほんとにハットリくん語に変換しているらしく、ごくたまに、「拙者にメールを送っていただけるでござるか」とか言ってるのが聞こえる。微笑《ほほえ》ましい。

誕生日当日、私は仕事を早くあがり、ハイアットリージェンシーの部屋で佐野さんがくるのを待っていた。佐野さんは元々サポートセンターの長だった人だ。現在は違う階で営業部長をやっている。

中尾ちゃんにも、誰にも喋《しゃべ》っていない秘密の男。それが佐野さんである。秘密であるからして、勿論その関係は不倫だ。

泊まるホテルがハイアットリージェンシー、という中途半端さが好きだった。パークだと「無理しちゃって、バカじゃないの」と思うし、京王プラザだと「もうちょっと無理をしてくれても良いんじゃないの」と思う。佐野さんは夜の九時ごろにやってきて、二人でルームサービスの食事を食べて、シャワーを浴びた。そして裸の私の首に、プレゼントだと言ってピンク色の小さな石のついたペンダントを巻いてくれる。

「ありがとう」

「ピンク、似合うね」

愛しそうに佐野さんは私の顔と首を交互に見つめた。

まーじーでー？　それは目がおかしくないか？

女子ピンク色が似合わない選手権、みたいなものがあったら、私と中尾ちゃんはそのトップに食い込む自信がある。だいたいピンク色が似合う女子というのは不倫なんかしない。不倫してたとしても、普通は二十五歳あたりであがって、独身のつまんない男子と一、二年付き合ってがっぷり結婚するものだ。私は結婚を狙って付き合ったつまんない男子数人が、揃いも揃ってつまらなすぎて、二十六から不倫を始めた。でもなー。もう二十九だよなー。不倫三年って、そろそろ修羅場を迎えても良いころなんじゃないのか。しかもあと一年で三十だし。

夜中の二時過ぎに、佐野さんは妻と子が眠るおうちへ帰ってゆく。不倫ならではの束の間の逢瀬《おうせ》だ。ベッドの横にあるゴミ箱に捨てられた、ぐんにゃりしたコンドームを見ながら、私はひとりビールを飲んだ。寂しい。けれど、「離婚して!」って摑みかかるほどの寂しさじゃないのが困りものである。

誕生日の次の週あたりに、納涼会が開かれた。大規模なもので、私を含めた日本支社サポートセンターの面子《メンツ》十五人と、下請けのコールセンターで受付および一次サポート業務をしている子十五人、そして管理職と、総勢四十人近い人数で居酒屋の座敷を借りる。外資系企業と言っても、こういう風習は日本式を取り入れているのだ。

乾杯してから少し経って、早速管理職に絡《から》まれた。

「後藤さん早く社員になりなよー」

「イヤですよ、派遣のほうが給料良いんだから」

「だからだよ、上のほうから経費削減迫られてるんだよ、お願い」

「知りませんそんなこと。だいたいシマカンドさんって、大学院卒しか社員にしないでしょ。私ユーラシア大学ですよ、東京の僻地の」

「そ、それは……大変だね」

神妙な顔をして憐れまれる。余計なお世話だ。管理職が離れていったあとは、働き始めて半年の、比較的若い女の子が目ざとく私のペンダントを見つけて、喋りかけてきた。

「後藤さんそれ可愛いー。どうしたんですかあ?」

「頑張った自分へのご褒美なの。先週誕生日だったから」

「えー、いくつになったんですー?」

「二十九歳」

彼女は、しまった、という顔をしてその会話を終わらせた。こちらも余計なお世話だ。そのあと彼女は、「自分探し」について語り始めた。きっと私に話を合わせてくれようとしているのだろうが、二十代後半の女が誰しも「自分探し」に夢中になっていると思ったら大間違いだ。以前、失恋して切羽詰まった中尾ちゃんに、「自分を見つめなおすために、一緒にカトマンズへ行こう」と誘われた。しかし私たちはバカなので、カトマンズがどこにあるのか判らなかった。結局ふたりでイビザに行って、三日三晩踊り狂い、全身筋肉痛になって帰ってきたのである。それ以来、自分を見つめなおす、とか自分探し、とかいう言葉は封印した。

「パリに留学してー、パティシエになろうと思うんですよー」

「良いんじゃないの？」

「でもフランス語喋れなくてー」

「スクール通えば？」

「めんどくさいし授業料高いじゃないですかー」

「そうだねー」

「あー、もっとお金欲しいなー。宝くじ当たらないかなー」

　これはまさに、右から左へ受け流すテクニックのフル稼動状態である。果てしもなくどうでも良い話をしながら、私は見慣れぬ男子を目で追っていた。コールセンターにいる子なのだろうが、見たことがない。何に目を奪われたのかと言えば、ＯＺＭＡ（ＤＪじゃないほう）のＴシャツである。ライブイベント限定発売だったものだ。私も同じのを持っていたが、パジャマにしてしまっている。

「ねえ、あれだあれ？」

　私はパティシエ志望の彼女に訊いた。彼女は一瞬きょとんとしたが、すぐに答える。

「ああ、そっか、今朝のミーティング、後藤さんいなかったか。来週からサポートのほうに移ってくるんですすよ。コールセンターの山内君です」

山内君はコールセンターの偉い人に肩を叩かれながら激励されている。

「お客様アンケート結果がものすごい良いらしいんですよ。で、うちのセンター長がスカウトしたらしいです。管理製品のほうって人が足りないでしょ。そこに入れるみたいですよ」

「でも新年会とか納会とかで顔見たことないんだけど」

「半年くらい前までは、マイルドソフティさんのコールセンターで働いてたそうです」

「MSって、エリートじゃん！」

「えー？ でも所詮下請けだし、コールセンターですよー？」

パティ（略）はつまらなそうにエイヒレを噛み砕いた。マイルドソフティは世界九割のシェアを持つOSを作っている。うちの製品の問題じゃない場合は、OSの問題としてマイルドソフティのコールセンターにエスカレーションすることもしばしばだ。

山内君は、私が話しかけないうちに私たちのところへやってきた。

「来週からよろしくお願いします」

「よろしくお願いします。って言っても接点ないよね。担当製品違うし」

「いや、でもうちの上司が、後藤さんのやり方を見習えって」

ハットリくん方式をか。

「後藤さん、もう五年もこの会社にいて社員にならずにずっとサポート一本で頑張ってるんでしょう、すごいですよね」

「うん、でも頑張ってるわけじゃなくて、これ以上頑張りたくないからサポートつづけてるだけだよ。管理職とかイヤだもの」

「どうしてですか」

「女子だから」

山内君は、ははは、と乾いた笑い声をあげた。その間にも私は彼のTシャツを見つめていた。このアーティスト、フェス以外では一回しか来日していないうえに東京でのライブは二日限りだった。私は二日とも行った。彼が東京の人間ならば同じ空間にいたことになる。

飲み会の終盤になってから、佐野さんが現れた。解散のときに、同じ方向だから、と言って同じタクシーに乗り込み、彼は私のアパートに寄る。

「山内君と何喋ってたの?」

飲み足りなかったらしく、冷蔵庫からビールを出しながら、言葉の端に微量の嫉妬《しっと》を含ませて佐野さんは私に尋ねた。

「私はいったいコールセンターではどういう評判なの」

私は答えずに尋ね返す。

「いや、俺が質問してるんだけど」

「上野動物園のパンダには絶対に人が入ってたよね、っていう話。で、私はどういう評判なの」

パンダ、リンリンか。確かに入ってそうだな、と佐野さんは感心したように頷いた。


山内君がサポートセンターに異動してきてから、私は毎日彼のTシャツをチェックした。間違いない。彼は音楽オタクだ。しかも齢《よわい》二十五にして既に一回りを終え、ジャニーズやハロプロを受け入れることができる仏のような精神の持ち主の、筋金入りのオタクだ。

アニメ関係のオタクが多種多様なように、音楽オタクも多種多様である。デスメタルオタクやテクノオタクがその代表格だけれど、私は自分の好きな音楽が多岐にわたっていた。名の知られている大御所でいえばマリリンマンソンも好きだし、レッドホットチリペッパーズも好きだし、ビョークも好きだ。神のように一瞬だけ現れて消えていったバンドの曲もiPodに入っている。山内君の着ているTシャツは、あますところなくそのラインナップを揃えていた。

サポートセンターの昼休みは正午から午後一時である。その間にきた電話はコールセンターの受付が折り返しの約束をする。私はその日、意を決して山内君をお昼に誘った。パティ（略）がビックリした顔でこちらを見ていたが、気にしない。山内君は特にいぶかしむこともなく、じゃあ俺ギョーザ食いたいんですけど、と言った。

「例のアレでドンキの食品売り場から冷凍ギョーザが消えちゃって」

「あー、痛いよね」

私たちは連れ立って地下食堂街の中華料理屋へ向かった。

「山内君、MSでのコールセンター歴は何年なの？」

ギョーザを待っているあいだに私たちはもくもくと煙草を吸いながら話した。

「四年です」

「うわあ、すごい」

「すごくないですよ、後藤さんだってサポート歴五年でしょ、そっちのほうがすごいですよ」

「サポートはある程度コールセンターが質問を篩にかけてくれるし、質問者のだいたいがSI屋だもの。コールセンターってあらゆるレベルの客の一次受けでしょ。そっちのほうがストレス溜まる」

私たちが和やかに話していると、うしろから聞き覚えのある声が聞こえてきた。振り返らなくても判る。佐野さんだ。痛いような視線を首のうしろに感じつつ、私は山内君に、そのTシャツステキね、と言ってみた。

「ありがとうございます」

「自己主張の表現方法なの？」

「は？」

「リンプとレイジ、どっちが好き？」

「……レイジ」

私が満面の笑みと共に右手を差し出すと、山内君も一瞬ののち、満面の笑みをたたえてその右手を握り返してくれた。

佐野さんの青春は、オアシスとブラーとスマパンだ。彼はそれ以上、音楽と関ろうとしなかった。私が住む狭い六畳一間には約三千枚のCDが本棚に差さっている。音楽があれば俺なんかいらないんじゃないの、と、増殖するCDを見つめ、よく佐野さんは言う。

経験上、既婚者のほうが嫉妬深い。その日も、私と山内君が握手をしただけなのに佐野さんは家へやってきて、ねちねちと私を責めた。

「何あれ。俺へのあてつけ？」

「親睦を深めてただけだよ。コールセンターの人が私を見習えって言ったらしいからね」

めんどくさいなあ、と思いつつも妻子持ちの佐野さんがそんなに私に執着してくれている、という事実に嬉しいと思うのが、なんだか困っちゃうし恥ずかしい。

「私がほかの男の子と仲良くすると、イヤ？」

むっつりと黙り込んだ佐野さんにうしろから抱きつきながら、尋ねる。そっぽを向いて拗《す》ねて、耳が赤くなっているのが可愛いなぁと思う。自分より十歳も年上の人に対して、可愛いと思う日がくるとは思わなかったけど、佐野さんは可愛い。ただの上司だったときは仕事に異様に厳しくて、正直早く死なねえかなこのジジイとか思っていたのに、男女になってしまえば彼は子猫ちゃんのようだ。

それから雪崩《なだ》れ込むようにしてセックスをして、石鹸を使わないシャワーを浴びて、佐野さんは家へ帰ってゆく。もう夜の十二時近くになっていた。佐野さんのうしろ姿を見送ったあと、なんだか猛烈に寂しくなって、中尾ちゃんに電話した。深夜にも拘《かかわ》らず中尾ちゃんはノリノリで起きていて、電話の向こうから大音量のレゲエが聞こえてきた。彼女の住居は小さな雑居ビルの屋上に建っているプレハブなので、夜に騒いでいても近所迷惑にならない。だいたいオフィス街なので、周りに住宅がない。

「どうしたの後藤ちゃん、こんな遅くに」

「中尾ちゃん、私実は不倫してるんだよね」

「マジで！　今更そんな告白を聞くなんて思わなかったよ」

「え。知ってた？」

「相手が独身だったら私に話すでしょ。後藤ちゃんにこんな長いこと彼氏がいないなんてありえないし」

「あー。なるほどー」

中尾ちゃんは、今からおいでよ、と優しいことを言ってくれた。深夜であれば車で十五分ぐらいの距離だ。私は言葉に甘えて、服を着ると表に出てタクシーに乗った。

赤羽橋近くの五階建てビルの外階段を上り、中尾ちゃんの住居に辿り着く。ジミークリフの音色が一層大きくなり、中尾ちゃんが踊りながら出迎えてくれた。プレハブの中は四畳くらいあるが、気持ちの良い夜なので外に置いてある風呂場用の椅子に腰を下ろし、私は買ってきたビールを一本中尾ちゃんに手渡し、自分のぶんのプルタブをあける。

「相変わらずヒッピーみたいな暮らしだね」

「ボヘミアンって言って」

今にも崩れそうなプレハブは、地震がくるたびに傾いているらしい。

「なんで今更話す気になったの？」

中尾ちゃんはヒノキの風呂桶を引っ繰り返し、私の隣に同じように腰を下ろし、尋ねた。

「たぶん生理前だから」

「後藤ちゃんの生理は三年も止まってたの？」

ごくごくと喉《のど》の鳴る音が聞こえる。豪快にげっぷをしてから、中尾ちゃんは立ちあがってCDを換えに行った。聞こえてきたのがマドンナだったので、驚いてしまう。

「難しい話をするときはバカっぽい音楽のほうが良いでしょ」

そう言いながら、再び中尾ちゃんは私の隣に腰を下ろす。自分でも何故今更中尾ちゃんにこんなことを話す気になったのか判らなかった。山内君の出現が原因なのか、それとも二十九歳という年齢が原因なのか、はたまた佐野さんのことを思っていたより好きになってしまっていて、それを自分だけでしまっておくのが辛くなったのか、どれが原因か判らない。少なくとも、二十九歳が原因だとは思いたくなかった。年齢に焦るような女にだけはなりたくないとずっと思っていた。しかし。

「全部じゃないの？」

中尾ちゃんはちょっと考えてから言った。やはりそうかと私は頭を抱える。

「仕事の悩みとかはないの？」

加えて中尾ちゃんは尋ねた。私は首を横に振る。これに加えて仕事の悩みとかがあったら、たぶん重圧や逆境に慣れていない私は出社拒否を起こすだろう。

「楽なほうに楽なほうに、生きてきたからさ」

「うん」

「こう、目の前に壁みたいなものが出てきちゃうと、どうすれば良いか判んなくなるんだよね」

「後藤ちゃんそれ就職活動のときも同じこと言ってたよ」

「マジで！　十年近く成長してないってこと？」

ははは、と中尾ちゃんは笑い、私も一緒だよ、と言った。中尾ちゃんは大学卒業後、日雇いの人材派遣でマネキンをやっていた。そうしているうちに人当たりの良さや勤態の良さから、社員に格あげされ、転職もした。転職先は日雇い派遣の会社などではなく、全国的に名の知られた大手だったので、転職が決まった日、私たちは「キャリアアップ！」と言いながら乾杯をしたのだ。

「本質とかって変わらないと思うよ。二十九歳だから、とか考えなくても良いんじゃないの？　男の人にしたって、どっちが好きって決められないならどっちも付き合えば良いじゃん」

時計が午前一時半を指す。中尾ちゃんは、「あー、私も恋したい。男子中学生と恋したい」と叫ぶように言った。

「なんで中学生」

「『キャプテン』という中学生野球映画を観るが良い。なんなら今貸す」

プレハブの中に戻り、中尾ちゃんは一枚の正規品ではないDVDを持ってきた。もう最高だから、それを観たら絶対に中学生と恋愛がしたくなる。熱っぽい瞳をキラキラと輝かせながら中尾ちゃんは語るが、それならばなぜ正規品を買わないのだろう。と思ったら、正規品はきちんと買ってあり、コピーは布教用だという。

さすがにプレハブに泊まるのは申し訳ない気がしたので、二時を過ぎてから私は家へ帰った。そして『キャプテン』のＤＶＤを観ていたら、まんまと寝過ごした。

「山内君、野球やってた？」

私は何度目かの山内君との食事（地下食堂街での昼ご飯）のあと、尋ねた。

中尾ちゃんの策略どおり、私はまんまと『キャプテン』にはまった。あまりにはまりすぎて、同じく中学野球を舞台にした『バッテリー』も次の日にツタヤへ行って借りたほどである。野球少年たちが可愛すぎる。身近な男性が佐野さんと山内君だけ、というこの状況で、佐野さんはバスケの人なのであてにならず、賭ける思いで山内君に尋ねたのだった。

「え？　判ります？」

「いやなんとなく。少年野球のコーチとかしてない？」

「え？　なんで判るんですか？」

「マジで!?」

尋ねた私も驚いたが尋ねられた山内君も驚き、なんなんすかちょっと、と笑う。

社会人のスポーツと言えばフットサルである。シマカンドにも自由参加のチームがある。外資系ＩＴ企業対抗のフットサル大会もあるが、誰も見に行かないので可哀想だと思っていた。これからはご子息たちでチームを組ませた野球大会にするべきだ。

「今度、友達と練習見に行っちゃダメかな。最近少年野球の楽しみを覚えた子がいるの」

「良いですけど、少年野球っつっても俺が見てるのは中学生ですよ。生意気なばっかりであんまり可愛くないですよ」

ますますよろしい。幸福な偶然に私は心の中でガッツポーズをした。

翌週の土曜日、私は山内君に指定された練習場所（多摩川の河川敷）に、中尾ちゃんと共に向かった。現実と映画は違うからね、と念を押しておいたのだが、電車に乗ってる最中から中尾ちゃんの目はキラキラと輝きっぱなしだった。

川崎市のとある駅で電車を降り、徒歩で河川敷へ向かう。

「中学生よりも、山内君を見るのが楽しみ」

中尾ちゃんはニヤニヤと笑いながら言った。

「くれぐれも音楽の話では盛りあがらないで。たぶん喧嘩になるから」

「判ってます」

土手を十五分ほど歩くと、ヤーヤーと若々しい声が響いてきた。遠くに小さく、ライムイエローのTシャツに野球帽を被った山内君の姿が見える。中尾ちゃんは相変わらずキラキラニヤニヤしながら、青春って良いね、と何度も繰り返し、河原に下りる階段に座り込んで煙草を出した。

男に妻子がいると、通常土日は会えない。電話もできないので、こういうお出かけは比較的自由にできる。僅かな罪悪感から、私は携帯の着信を確認した。着信はなかった。山内君は私たちに気付かず、坊主頭の少年たちに白球を出しつづけている。

「中尾ちゃん、ほんとに中学生と恋愛したいの？」

私が尋ねると、まさか、と中尾ちゃんは笑った。

「癒されたかっただけ。スパだのエステだのに行って『癒されたー』って言うの、ヤじゃない？」

「ああ、ヤだね」

「動物に癒されるのも、なんか癪《しゃく》じゃない？」

「ああ、癪だね。そうか、中学野球は癒しか」

「真剣になってる彼らからしたら、癒されるなんてたまったもんじゃないと思うだろうけどね。でも、なんか真剣さとか一生懸命さとか、そういうのってなくなって久しいじゃない、私たちの年齢になると」

「うん」

「なんか、元気をもらえない？」

中尾ちゃんは煙草を携帯灰皿に入れると、中学生たちを見遣《や》った。私も同じようにそっちを見る。坊主頭の彼らは、犬のように白球を追って走り回る。

一時間ほど経ってから休憩時間に入ったらしく、私は山内君の名を大声で呼ぶ。山内君がそれに気付き、こちらへ走ってきた。そして爽やかな笑顔と共に言う。

「ほんとにきたんですか」

「きましたとも。これが友達の中尾ちゃんです」

「初めまして中尾ちゃんです」

私たちが挨拶をしていると、汗だくの中学生たちがわらわらと集まってきて、ヤマッチの彼女かよー、とか、どっちが彼女なんだよー、とか、どこまでやったんだよー、とか、まことにほのぼのとした冷やかしが聞こえてきた。私と中尾ちゃんは和みまくり、にこにことしてしまう。

夕方五時くらいに練習は終わった。途中でコンビニへ行ってビールを買ってきたあげくに終わりまで見ていた私たちは、そのまま山内君を交えて駅の近くにある居酒屋へ向かった。河原で合計三リットルくらい飲んだのに、まだ私たちはビールで乾杯した。

「やー、良かった。中学生良かった。ほんと良かった」

中尾ちゃんは一気にジョッキを半分くらい空にしてから、うっとりと潤んだ瞳で宙を見つめる。山内君は困ったように笑う。

「皆クソガキですよ。良いもんじゃないですって」

「そのクソガキスピリッツをどこかに置いてきてしまったから、良いと思うんじゃないか」

真面目な顔をして中尾ちゃんは山内君に説く。今日の山内君はミュージシャンTシャツではなく、登山屋のロゴの入ったシンプルなシャツを着ていた。一応ミュージシャンTシャツはよそゆきだということなのだろうか。

営業という職業柄もあるのか、中尾ちゃんはびっくりするほど山内君と馴染《なじ》んでいた。大学時代はこういう当たり障りのない爽やか青年を、憎むまでいかずとも、どこか冷めた目で見ていたふしのある中尾ちゃんなのに。社会の荒波もなかなかやるな、と思ってふたりのやりとりを聞いていたら、電話が震えた。佐野さんだった。店の外に移動するのもめんどくさかったので、その場で私は通話ボタンを押した。もしもし、と佐野さんの声がする。

「どうしたの?」

「や、子供とカミさんがママ友達と食事とかで出かけてさ。三時間くらいは戻ってこないと思うんだ。今からそっち行って良い？」

「いや、無理。私いま川崎にいるから」

「誰と？」

「……ともだち」

佐野さんと共に私が沈黙したら、中尾ちゃんも山内君も黙って私のほうを見始めてしまった。この気まずさをなんとかしてくれ中尾ちゃん。

「……男だろ」

しばらくしてから佐野さんは言った。その言葉に、虫が這《は》ったように、いろいろと心の周辺が痒くなる。気付いたら低い声で反抗していた。

「そうだったらなんなの」

「俺が嫌がるの知っててやってんのか」

「自分のこと棚にあげてよくそういうこと言えるよね。なにがカミさんと子供がママ友よ。私ね、今日ものすごく楽しかったの。超癒されてもうこの先一ヵ月は無敵ハッピーくらいの勢いだったのに、あなたの電話で台無しだよ！」

通話終了ボタンを押し、長押しして電源を切った。ふたりはポカンとして私を見ていた。

「大丈夫なんっすか、後藤さん」

「うん、ごめん」

ふたりとも大人なので、すぐに何事もなかったかのように再び喋り始める。私の心の中は、なんだか超モヤモヤしていた。せっかく楽しかったのに。せっかくたくさん日の光を浴びて土の匂いを嗅いで、頑張っている少年たちのエキスを溜め込んだのに。水を差すって、まさにこのことだなあ、と、言葉を考えた人に敬意をおぼえた。始まりが早かったので、終わりも早い。八時半過ぎぐらいに私たちは切りあげ、店を出た。帰りたくないな、と思った。もしかして家で待たれてたりでもしたら、本当に今日のこの楽しかった気持ちが台無しになる。

「ねえ中尾ちゃん、今日泊めて」

「あー、やっぱさっきの流れだとそうなるよね」

中尾ちゃんは、アチャーという顔をして片目を瞑《つむ》った。

「うち、今日人がくるんだ。ごめん」

「あのプレハブに？　いつの間にそんな人が！」

「ごめん。だからねーヤマッチ、後藤ちゃん泊めてあげてくれる？」

「あ、いいっすよ」

いいのか!?

私ね、別に山内君と付き合いたいとかそういうんじゃないんだ。

知ってる。俺も後藤さんと付き合いたいとか、そういうんじゃないから。

そうなんだよねー……。

という前置き付きで私と山内君は、なし崩し的にセックスをしてしまった。大学二年くらいまでは、初めてのキス、初めてのイチャイチャ、初めてのセックス、というのは日を改めた行事だったけれど、大人になるとキスとイチャイチャとセックスが同日、二時間くらいに凝縮される。

すぐに股を開くような尻軽な女は嫌いだ、という男がいる。こっちのほうが多数派だと思いきや、パンツを脱がせるまでに時間が掛かると、途中で飽きる男というのもいる。経験上、こっちも結構多い。しかし山内君は、そういうこだわりが全然なさそうだった。

なし崩しといえど、セックスはとても楽しかった。開放的なあっけらかんとした、ジョギングのようなセックスで、身体から山内君の性器が抜けたあとは、なんだか色々とスッキリしていた。呼吸が落ち着いてから、起き上がってCDの棚を見せてもらい、小さな音でボブジェイムスをかける。そしてもう一度布団にもぐりこむ。山内君は腕枕をしてくれながら、尋ねた。

「さっきのアレ、男っすか」

「男っすね」

「俺がアレコレ言うことじゃないけど、カミさん子供がいるのは、やめたほうが良いと思うよ」

「判っちゃいるんだけどねー。山内君は彼女いないの?」

「めんどくさいから。ライブにもクラブにも基本はひとりで行きたいのに、彼女ができると行けなくなるでしょ」

「音楽好きの女子と付き合えば良いのに」

「喧嘩になるんです。音楽性の違いで」

ものすごく良く判る。私が山内君(の日々のTシャツ)を見付けたときの気持ちは、「同士を見付けた」だった。だからと言って彼と音楽について語り合いたいと思ったわけではない。語り合ったらエンドレスになるし、絶対に喧嘩になるだろう。山内君もきちんとそこらへんを弁《わきま》えており、私に音楽の話を振ることはなかった。あったとしても、お互いのiPodに入れた新しい曲についてくらいだ。

若い山内君でさえ、きちんと距離を弁えているというのに、妻子もあり私よりも年上の佐野さんの、アグレッシブなまでの距離の詰め方はなんなのだろう。

最初はこんなふうに思わなかった。彼が私を必要としてくれれば嬉しかったし、少しでも空いた時間に私のところにきてくれるだけでとても幸せな気持ちになれた。お金もあるし、地位もあるし。頭も良いし、服のセンスもあるし。申し分のない人だと思っていたのに、やはり三年近く経つと変わるものなのだろうか。

ウッドベースの音が小さく背中に響く。オレンジ色の光が揺れる天井を見つめていたら、いつの間にか隣から寝息が聞こえてきていた。その寝息につられるようにして、CDが一巡するころに私もすとんと眠りに落ちた。


週が明けて出社したら朝一でセンター長に呼び出され、昼休みの直後に面談をすることになった。昼休み、山内君とふたりでニンニク豚骨ねぎラーメンを食べたあと、フリスクを十個くらい噛み砕いてから私は指定された会議室に向かった。そこにはセンター長とラインがふたり、既に座って私を待っていた。

「正社員になってください」

という内容の面談だった。私は正直またかと思いながら、即答する。

「イヤです」

「なんで？　後藤さん氷河期世代だよね？　正社員になるチャンスなんてもうないかもよ？」

センター長は物腰の柔かな良い人だが、その横のラインが横柄にそんなことを言うもんだから、私もカチンとくる。

「チャンスとか言われても。別に正社員とか、どうでも良いですし」

「どうでも良くないでしょう、自分の人生もっとよく考えなさいよ」

うっざー。という気持ちがあからさまに顔に表れていたらしく、センター長がたしなめるように言葉をつづけた。

「何も今すぐ決めてくれってわけじゃないから。一ヵ月くらい考えてくれれば良いよ」

「考えるも何も。センター長もリーダーも、もっと既存の正社員のことを考えてあげてください。そりゃ私は成績良いですよ。それは自覚してます。そういうのを正社員にしたい気持ちも判ります。でも私を正社員にしたら、新入社員の士気が落ちますよ。彼らみんな早稲田だの慶応だのの大学院卒ですごい倍率戦ってきてるんでしょ。

前も言ったけど、私は東京の僻地にあるユーラシア大学の学部卒で、しかもどんなバカでも入学できる商学部です。卒論もありませんでしたし、授業に出たのなんか両手で数えられる程度の回数で、それでも卒業できるような大学なんです。そんなところ出身の人間が正社員になったって知ったら、彼ら暴動起こすんじゃないかとか、考えないんですか。私ひとりを正社員にすれば、そりゃ人件コストは削減できるでしょうけど、チームの崩壊とかそういうリスクもあるんですよ。逆にチームの調和が良ければ自《おの》ずとCSも上がることなんか、人事的に常識だと思うんですけど、そういうのは考えないんですか」

実際シマカンドの新入社員はまず、プライドを叩き潰《つぶ》すためにサポートや営業に配属される。見ず知らずの他人に電話口で罵倒されても、泣きながら歯を食い縛って出社する人。逆に自殺未遂を起こして出社拒否する人。さまざまだがそれを乗り越えれば希望の部署に行けることを知っているので、彼らの生存率は結構良い。頭の良い子たちというのは概《おおむ》ね努力や我慢の仕方を知っているのだな、と私は毎年感心して見ていた。

一年から一年半経ったあと、彼らは底辺部門から、開発や企画や本社（米国）などの花形部門へと飛んでゆく。残りたいと言った場合に限り残留が可能であるが、こんな水際に残りたいという子はほとんどいない。

　正社員になれ。さもなくば辞めろ。

　そう言われている気がした。バカにしやがって、と思う。私たちが就職活動をしなければならなかったころ、私のようなバカ学生には、サラ金かパチンコ屋か先物営業くらいしか正社員の口はなかった。できれば人に話せる内容の仕事をしたい、と思った。だから比較的マトモな職場に行くことのできる派遣を選んだのだ。それなのに、今や派遣社員でいることは罪悪扱いされ、怠慢だと言われる。

　私の意思が動かないことを悟ったのか、一時間くらいののち会議室から解放された。席に戻ると、山内君からIPメッセンジャーが飛んでくる。

『大丈夫ですか』

　大丈夫、と秒速で返してからコールのログを調べると、折り返しが四つ溜まっていた。

　新しい職場を求めて、時おり派遣会社のサイトを見て回る。けれど過去のように純粋な派遣案件は少なく、今や彼らは紹介予定だの転職支援だの、正社員になれますよ、と謳《うた》う。本当に余計なお世話だと思う。

私の時給は二千二百円で、一日平均残業が一時間半ほど。一ヵ月の給与にすると五十万円近い。派遣会社と私の取り分比は、四：六である（営業がばらした）から、シマカンドは私ひとり雇うために八十万近い出費を強いられる。それに比べ、二十代正社員の給与は多くて月三十万。これは佐野さんに聞いたので間違いない。実際佐野さんよりも私のほうが月ベースの収入が多いため、よく私は佐野さんに夕飯を奢《おご》ってあげていた。

慎ましやかな生活を送っているので、お金は使わないのだが、同じ仕事をしているのに給料が下がることを考えると許せなかった。

帰りに山内君に誘われて飲みに行く。一旦セックスした仲だというのに彼も私もなんだかカラッと爽やかな感じで安心できた。乾杯をしたあと、山内君はあっけらかんと言った。

「ぶっちゃけ、後藤さんを説得しろと言われまして」

「誰に、いつ」

「センター長に。後藤さんが席戻ってきた直後」

「あのクソオジン！　で、成功報酬は？」

「ｊｏｊｏ苑の焼肉」

「それくらいで釣られちゃダメだよ、山内君。私がもっと良いもの食わせてあげるからさ」

「じゃあ俺、後藤さんの手料理が食べたい」

え？　と、ビールを飲もうとしていた私は固まった。

「社会人なんだしさ、自分が食べたいものくらいお金出せば食べれるでしょ。ひとり暮らしの男子が食べられないものって、女の人の手料理くらいじゃない？」

山内君はいたずらっぽく笑い、言った。

「今週の週末、後藤さんち行って良い？　不倫なら土日は男がこないでしょ」

正直、アレきりだと思っていた。二十九歳の女なんて、年頃の男子にとっては地雷みたいなもんだ。山内君もヤっちまって後悔したんじゃないかな、と考えていたので、次の機会に関しては自分から仄《ほの》めかさないように、と律していた。

家に帰ってから、中尾ちゃんに電話をした。

「中尾ちゃん、中尾ちゃんが泊めてくれなかったから、山内君とヤっちゃったよ」

「それはおめでとう。不倫やめる決意は固まった？」

「どうだろう。中尾ちゃんは？　彼氏できたの？」

「ああ、アレは。別に人も何もこなかったよ」

後藤ちゃんはめんどくさがりだから、ああいうことでもしないと他に男作ろうとか思わないでしょう、と言われた。騙《だま》したな！　と思いつつも言い返せなかった。その週は佐野さんからメールも電話もなかった。同じ会社なので、エレベーターで一緒になったりはするけれど、顔を見ても向こうが無視を決め込むため、私も社会常識程度の挨拶《あいさつ》しか投げかけなかった。

普通に働いていると、一週間が経過するのは結構早い。土曜日になって、夕方六時ごろ山内君から電話が入った。台所に立っていて気付かないまま放置していたら、少年野球の練習が終わったから、今から行きます、というメッセージが留守電に入っていた。私は駅まで迎えに行く旨をメールする。

胡麻ココナッツ風味（やや辛い）の冷やし麺と、油淋鶏《ユーリンチー》と、野菜のオイスターソース炒めを作った。というか下ごしらえを終えた。あとは山内君がきてから、茹《ゆ》でるなり揚げるなり炒めるなりすれば良い。食材はまだあるので、お腹が空いたらまた作れる。

男に食わすために煮物を作る女が嫌いだ。ていうか、男がありがたがるほど煮物はありがたい料理じゃない。麺つゆとだしの素で野菜を煮れば誰だってそれなりのものが作れる。私も中尾ちゃんも、男に煮物を作る女になりたくないために、大学時代、中華だのタイ料理だのの本を買いあさり、マスターした。中尾ちゃんの家にキッチンはないが、彼女は携帯ガスコンロ一つで激美味《ウマ》ミーゴレンを作れる。

四十分くらいしてから、あと五分くらいで駅に着く、というメールが入ったので、私はエプロンを外し、サンダルを履いて外に出た。あたりはまだ明るかった。

駅で山内君と合流し、徒歩十分のアパートへ戻る。そこで私は不吉なものを見た。佐野さんの車が、アパートの前に停まっていたのだ。土日なのに、なんで。

「山内君、ちょっとここで待っててもらえるかな」

「いいっすよ、もしかして不倫の人きちゃった？」

「うん。まいったなー」

私は山内君を自販機の前にひとり残し、二階の部屋へ戻った。佐野さんは合鍵を持っている。ドアを開けると案の定、佐野さんの靴が玄関にあった。トイレを流す音が聞こえて、佐野さんが出てくる。私はサンダルを脱がず、鍵をかけず、突っ立ったまま尋ねる。

「土日なのに、大丈夫なの？」

「先週、怒ってただろ。ごめん」

「いや、ちょうど良かった。鍵返してくれる？」

佐野さんの顔色が変わった。どうしてだよ、と低い声で凄《すご》む。

「なんか、もう潮時なんじゃないかと思ってて」

「そんなこと言って、新しい男ができたんだろ」

「まあ、そうです」

殴《なぐ》られるかなー、と思った。が、その後の展開は予想外だった。佐野さんが泣いたのだ。泣きながら、彼は奥さんと上手くいってないこと、セックスレスであること、子供の教育で意見が割れていることを独白した。果てしなく私にとってはどうでも良い。

——ここが、水際です。

彼はかつてそう言った。コールセンターが守ってくれるからあなたは安心して仕事ができます、と。私は色々とその言葉を勘違いしていたみたいだ。水際で守ってくれるのは佐野さんだと思っていた。頼もしいな、と思ったのに、その人は今私の目の前で鼻水を垂らしながら泣いている。

「これから人がくるんだ。だから泣くなら自分の車に戻って泣いてくれる？」

私の言葉に佐野さんは、信じられないというような目を向け、言った。

「おまえは、人として大事なところが欠損している」

……そうかもしれない。でも、私は答える。

「それでも、生きてます」

正社員になれという話は断りつづけた。こちらに対するメリットが何もないからだ。山内君とは、一緒にライブに行くようになり、泊まりがけのフェスに行く相談をするようになり、それでも「付き合ってください」とか、「好きだ」とかそういう言葉はない。恋人なのかどうなのかよく判らない状態がつづいていたが、それはそれで心地よかった。特に冷やし麺は彼の胃袋をガッチリと摑んだらしく、家にくるたびにリクエストされる。

佐野さんの言った「欠損」とはなんだろう、と時おり考える。優しさとか思いやりとか、そういうものなんだろうか、とは思う。私は彼に対して優しくなかったのだろうか。思いやってなかったのだろうか。

佐野さんと別れて一ヵ月ほど経ってから、久しぶりに中尾ちゃんと会った。焼き鳥屋でビールを飲みながら、すべて報告した。

「良かったじゃん。ヤマッチ良い子だよ。放しちゃだめだよ」

自分のことのように喜んでくれたが、今ひとつ顔に元気がない。

「どうしたの？」

「……失恋した」

「マジで⁉　ていうか誰に⁉　いつから⁉　なんで私に話さないの⁉」

「ヤマッチが教えてる野球少年の高野君《たかの》……」

それだけ呟《つぶや》くと、中尾ちゃんはテーブルに突っ伏してしまう。先日練習を見に行ったとき、確かひとりだけメールアドレスを交換している子がいたが、アレは本気だったのか！

「彼、ゲイなんだって。ヤマッチのことが好きなんだって。僕は異常なのかな、って相談とかされててさ。私ってば高野君と後藤ちゃんのあいだで板ばさみで超辛かったんだからね」

「ご、ごめん……」

「だから、高野君の思いも汲《く》んで、今度はきちんとヤマッチと真正面から向き合いなよ、後藤ちゃん」

私は頷く。と共に、中尾ちゃんも私の「欠損」に気付いているのだな、とその言葉を聞いて思った。

酒が進んでいくうちに、中尾ちゃんは懐かしい言葉を再び口にした。

「後藤ちゃん、カトマンズに行こう。自分を見つめなおしにカトマンズ行こう」

「中尾ちゃん、それって結局イビザになるんじゃないの?」

「ううん。私カトマンズの場所調べたの。チベットにあるんだって」

「チベットって、今大変じゃん。行ったら死ぬかもしれないじゃん!」

「金髪のヅラかぶってけば大丈夫だって!」

私たちが、行く、行かない、で大揉《も》めしていたら、カウンターの隣に座っていたスーツ姿のサラリーマンが、「失礼ですが、カトマンズはチベットじゃなくてネパールですよ」と親切に教えてくれた。彼の博識ぶりに真剣に感心した。しかしネパールってどこだ。

私たちはきっと、カトマンズには行かないだろう。見つめなおす自分なんてない。私は私で、きちんと生きてる。いい加減だとか、欠損してるとか、そういうことを言われつづけたとしても、生まれて二十九年のあいだに培《つちか》ったものなどそう簡単に変えられやしない。

ほろ酔いで店を出ると、花火の打ち上げ音が聞こえた。私たちは空を見上げ、花火を探し、ふたりで走り出した。

脳膜☆サラマンダー

こんなこと言うと「私（俺）は違うよ！」という声が聞こえてきそうだけれども、派遣社員として働くスタッフは変わった人が結構多い。女の子は比較的きちんとしているのだが、派遣社員としての母数自体が少ない男の人だと、この人はもしかして宇宙人としかコミュニケーションできないんじゃないかと思うような人が多くいる。まあ、私の経験談なので、偏《かたよ》った見方であることはご了承いただきたい。商品やお店に対しての印象が良い場合はあまり心に残らず、嫌な思いをした場合のみ深く恨みを持つのと同じように、普通な人と変わった人、両方に接していると、より深く心に残るのは変わった人のほうなのだ。

「普通な人」の基準って何よ、どんな変わった人でもすべてその人の「個性」でしょ、そういう考えがいじめにつながるのよ！っていう答えのない論争もまあ、置いておいて。「派遣会社内部に勤める者の一般論」としてお考えください。格差社会だって、一種の国を挙げたいじめだしね。

大学を卒業して三年間、スーパーやデパートでソーセージや地方名産品やケーキやビールを売りながら、女の人生のものすごく濃いところを余すところなく見てきたと思っていた私は、のちに派遣会社の営業という職に就いて、自分がどれほど小さい井の中の蛙《かわず》だったのかを思い知った。しかしながら、普通に生きていればそんな自覚はあまり必要ないようにも思う。うまいこと頭の良い大学に入って、そこそこの企業に正社員として採用された人だったら、その人間関係の中でほどほどの温《ぬる》い水の中に浸かっていれば良い。結婚したら社宅。ちょっとお金がたくさん入ってくるようになったら埼玉あたりに3LDKのマンション買ったりして。社会の中で同じ層に属する人々だけと関り、規模の大小に拘らず自分の生まれた井戸の中で死んでいける。知らない世界の人と話す必要なんてない。

しかし私の仕事は、自分の育った井戸の外にある。

「みんな私のおっぱいばっかり見るんです、男の人も女の人も、おっぱいばっかり見るんです、いつ襲われるか怖いんです、みんな私の悪口言ってるんです、辞めたい、辞めさせてください」

小さな会議室の中、スタッフのやたら可愛い女の子が目をギラギラ光らせながら訴えてくるのを見ながら、ああ今回はもろに井戸の外だ、と思った。比較的きちんとした人が多い「派遣社員の若い女の子」の中で、これはレアケースである。それでも真剣な面持ちを崩さないよう、とりあえずあと二ヵ月は頑張ってみましょう、私も精一杯フォローしますから、と言ってその場を収めようとした。この子の契約は三ヵ月だ。それまで持たせないとペナルティになる。一生懸命説得し、結局思いとどまらせるのに三時間かかった。まったく、カワイコちゃんのくせにしぶとい。

「あー、なんかね、若者の間で流行ってるらしいよ、サザエさん症候群」

「それか！　後藤ちゃんすごい、物知り！」

向かいで二杯目のビールをあおる友達が発した単語に私は膝を打った。

金曜の夜、浮かれた社会人たちが生後七日目の蟬《せみ》のように精一杯はしゃぐカフェで、私たちは同じく瀕死の蟬のような大声で会話をしていた。大声でしか喋れないのはDJイベントがあるからだ。クラブ並みの大音量で売り出し中の若いDJが十年以上ぶりにリバイバルしたミニマルを回している。時代は繰り返すものなんだねえ、と後藤ちゃんはしみじみと懐古しながら音楽に身を浸《ひた》していた。

「仕事するのがイヤならイヤではっきり言ってくれれば良いのにさー」

昼間にフォローしたスタッフの話をしていた。後藤ちゃんは派遣社員だけど、IT

業界専門の派遣会社から派遣されている。話によるとこの業界は派遣でなくても言動の変わった人が相当いるらしい。一般派遣の営業のほうが楽だと思うよ、と以前スタッフの愚痴をこぼしたら慰《なぐさ》められた。

「イヤだって言えないからそういうことになっちゃってるんじゃないの？」

「でもそれで会社で働いてくのは辛くない？」

「中尾ちゃん、それでも働かないとまともなご飯は食べられないんだよ」

中尾ちゃんだって判ってるでしょ、と言われ、私は反論の余地もなく頷いた。まともなご飯、というのは、ちゃんとおうちでお皿によそっていただきますして食べるご飯のことを言う。少なくとも私たちふたりの間ではそう言う。大学を卒業して三年間、派遣マネキンとして働いていたとき、私はさまざまな土地のさまざまな施設で、さまざまな食べ物を売っていた。一番多いのが、都心のデパートの地下食品売り場で地方物産を売ることだったのだけど、「スーパーの試食だけで生活している人」という都市伝説が伝説でもなんでもなく事実であることを私は知った。

「サザエさん症候群かあ……」

私と後藤ちゃんは筋金入りのバカなので、その症状がどんなものかは知らない。

「仕事を辞めて、サザエさんみたいに素敵な専業主婦になりたいとか、そういうことだよね？」

「いやー、サザエはああ見えてまだ二十四歳よ？　私が二十四歳だったらやだなあ」

私たちがその訳の判らない名前に思いを馳《は》せていると、隣の若いふたり組の男が声をかけてきた。ずっと私たちの会話を聞いていたらしい。

「おねーさん、それたぶん違うよ！」

「は？」

「××××」

音楽に掻き消されて男の声はよく聞こえない。私は訊き返す。

「なに？　六甲出張所《ろっこうしゅっちょうじょ》？」

「どんな山奥の左遷《させん》だよ」

私の聞き間違いに男の子たちはゲラゲラと笑った。そのあとテーブルをくっつけてきて、水素よりも軽いノリ（あ、ちょっと頭良さそうなこと言った私）で、私たちと話そうとした。

「俺ら医大生なの、メンタル系とか超難しいからどんどん訊いて」

「マジで！　すごいじゃん、開業したら結婚して！　私ら今四十二歳なんだけどバリバリ独身だから！」

後藤ちゃんもこれまたヘリウムガスよりも軽いノリでそれに応じる。四十二歳という単語に男子たちは顔を引きつらせ、くっつけたテーブルを光の速度より速く離した。失敬だなあ、と思いながら、彼らがテーブルを離れ、ダンススペースへ移動する背中を見送る。

「まったく最近の若者は。誰だって年くらい取るっつうの」

後藤ちゃんが鼻の穴から煙草の煙をふきだしながらぼやいた。

四十二歳は嘘です。本当は私たち二十九歳です。

二十九歳という年齢の焦りから逃げようキャンペーンと銘打って、二十九歳の誕生日をお互いが迎えたあと、私たちは自分年齢を詐称することにした。何歳が良いだろうか、と話し合った結果、まず三十六歳という案が出た。しかしながら二十九歳と三十六歳は意外と近い。七年前に自分が何をしていたかを思い返し、肉体的に衰えたこと以外何ひとつ成長していないことに鑑《かんが》みて、三十六歳は却下された。

次に四十八歳という案が出た。同じく十九年前の自分を思い返し、何ひとつ思い出せずにどれほど成長したのかぜんぜん判らなかったため、そしてそのころは既に閉経してるんじゃなかろうかということで、この年も却下になった。

四十二歳、というのはほどほどにまだ若く、なんとなく想像ができるという理由で、本当になんとなく、その年齢にすることにした。以来私は四十二歳。そう考えることで、いろいろと楽になっている。比較的これは後ろ向きの「楽になる」方法だと思う。

ちょうど一年前、同じ年齢のひとりのスタッフが私に告げたことを鮮明に思い出す。

「正社員になろうと思ってんだけど」

二十八歳になって間もないころだ。今思えばこの選択は非常に前向きな「三十歳までの苦しさ回避」であると思う。

「え、なにどういう風の吹き回し?」

私は驚いて目の前の女の顔をまじまじと見てしまった。私が知っている限り、一生涯そんな真面目なことは考えなさそうな女だった。

「やー、なんかもう限界感じちゃって。若い子と弁当買いに行くと、自分の胃腸がもう無理だって言うんだよね、油もん食えなくってさ」

「胃腸の事情で正社員?」

「中尾ちゃんもそう思わない? ネギ塩カルビ弁当とか食える?」

「……食べてないね」

「でしょー？」

この鑓水清子《やりみずきよこ》というスタッフは大学の同級生だった。先輩の引継ぎでこの企業を受け持ったら、大学時代、違うグループながらお互いに顔も名前も知っていたこいつがいた。

私たちの出身校、東京の僻地にあるユーラシア大学は、日本中のバカな学生をかき集めてできたような学校で、学費が恐ろしく高い。従って全国各地の小金持ちのバカ娘バカ息子たちが親の金で遊びにきているようなものだった。例に漏れずこの女もたしか四国の小金持ちの娘で、当時の記憶では相当のバカである。

「今ね、この会社、経理が正社員募集してんの」

「経理とか頭よさげな仕事、あんたには無理でしょ絶対」

「中尾ちゃん知らないか、私、日商簿記二級持ってるんだよね。六桁ＢＳとか余裕で書けんのよ実は」

「え!?」

私は慌《あわ》てて鑓水のデータを確認する。

「……履歴書の資格欄に書いてないんだけど」

「簿記の『簿』の字が書けなかったから」

「あんたほんとにバカ、どうして書かないのさ、そしたらもっと別の仕事紹介できたのに！」

「いや、結構この会社気に入ってるし。あとほんとはTOEICも六百点超えてんの」

「マジでバカ！　そしたら英文事務でもイケたのに！」

「点数持ってるだけだもん、実務に使うのとかダルいじゃん、日本人なら日本語使えっつうの」

溜息をつきつつ私は頭を抱えた。簿記ってブックキーピングがなまって簿記になったんだってさ。ネイティブに発音するとボッキーピンとか超笑えない？　勃起を維持しろだよ？　超ウケる。

鑓水はひとりでケタケタと笑う。私はまったく笑えなかった。だいたい大学時代、同じノリながらぜんぜん仲良くできなかったのはこの女が果てしなくオゲレツだったからだ。引継ぎを受けたとき、正直勘弁してくれと思っていた。

実は大学時代にこつこつと資格を取る勉強をしていたのだと鑓水は言った。ほかの資格（通関士とか宅建とか）はすべて落ちたが、簿記だけは順調に二級まで取り進めたのだという。学生時代、自分が金髪アフロというとんでもない外見をしていたにも拘らず、当時の鐺水のバカ丸出しの外見だけで人格を判断していたことを少しだけ恥じた。

「……じゃあ、とりあえず更新は保留しておくから」

「よろしくね」

正社員試験落ちろ！　私は心の中で呪いの言葉を吐きつつ、喫茶店をあとにした。

あのあと、鐺水は私の呪いにも負けることなく正社員試験に受かったのだった。彼女のいたポジションにはまた、そこそこ若くて綺麗な女の子を補充した。

ひとつの面接を終え、駅へ戻る道を歩いていたら、会社から電話がかかってくる。先日フォローしたあのカワイコちゃんが出社拒否を起こし、姿を見せていないという連絡だった。

「住所教えるから、今から家まで様子見に行ってきて」

もううんざりだ、とげんなりしつつも身体に染み付いた反射でメモとペンを取り出し、言われた住所を書き留める。今いるところからJRで二駅。タクシーのほうが速い。その場でタクシーを止め、ナビ機載車であることを確認し、住所を伝えた。

『自分を見つめなおすためにハワイに行ってきます』

めまいを覚えるほどに既視感のある言葉を前にして、私の口からは乾いた笑いしか漏れなかった。

何度扉を叩いても、何度携帯を鳴らしても、彼女は戸口に現れなかった。扉に張られた置き手紙をはがし、証拠物件として会社に持ち帰ってきて、今、四十八歳独身男性上司とそれを見ながら会議室で頭を抱えている。

「中尾さん、今の若い子は自分を見つめなおすときはハワイなの?」

「いや、普通はたぶんカトマンズだと思うんですけど」

「カトマンズ、また断定的だね」

「だって見つめなおすっつったらカトマンズでしょ」

「そういうもんかね」

本当はすぐさま客先に出向き、ひたすら頭を下げて別の子をアサインさせてもらわなければならない。たまたま残っていた、隣の島でコーディネータをやっている後輩が、ものすごい勢いで人選作業をしてくれていた。

明日の午前中にお詫びに伺う約束を先方にとりつけ、私は後輩をねぎらうため、ジャスミンティーのペットボトルと大豆バーを持って席に向かった。私の背後に座っている。なんとなくコーヒーが似合わない人だ。

「ありがとう、村内君《ひらうち》」

私の声に気付き顔をあげるひとつ年下の後輩は、半年前にこの会社に転職してきたばかりの、元は服飾販売をやっていたというオシャレ男子である。たぶんゲイだと思う。

「いや、良いんですけど、自分見つめなおすにしても、もう少しマシな場所考えないんですかね。いくらなんでもハワイって、欲望に正直すぎんでしょ」

「だよねー」

「とりあえず十二人くらいマッチしたんで、明日電話しておきます」

「悪いねえ」

村内君から紙の束を受け取り、ひとりひとり目を通した。

「フォローのとき、なんか言ってなかったんですか、橋野《はしの》さん」

大豆バーを噛み砕きながら、彼は尋ねた。橋野さんというのはあのカワイコちゃんの名前だ。

「一応データには追加記入してあるけど、サザエさん症候群みたいなんだ」

「月曜こないんですか」

「いや、それまではきちんときてた」

「じゃあサザエさん症候群じゃありませんよ」

「そうなの？ 仕事辞めて磯野家みたいなあったかい家庭に入りたいとかそういうんじゃないの？」

「違います」

村内君は笑いながら、本来の症状を説明してくれた。サザエさんをテレビで観る↓もう日曜も終わってしまう↓明日からまた会社だ↓行きたくねえ。という気持ちの流れにより、月曜に出社したくなくなることらしい。なるほど。そのあと、六甲出張所という言葉を思い出し、伝えてみる。

「六甲出張所？」

「うん」

データベースを開き、村内君は私があのフォローのあと書き込んだやりとりを確認した。社員に始終、観察されていること、トイレでも監視されていること。

「いや、たぶん間違ってますよ。耳にゲソ詰まってんじゃないですか中尾さん」

そう言って後輩は手元のメモに五文字の漢字をサラサラと書き出し、これじゃないですか、と顔をあげて尋ねた。なんとなく不吉に見えるその字の羅列を見て、確かにそんな字面《じづら》をどこかで見たことがあるのを思い出したと同時に、少なからず驚いた。

「君の字、ものすごく綺麗だね」

「ありがとうございます。お客様に手紙とか書かなきゃいけないんで、ずっとペン習字ならってたんですよ」

「……もっとチャラい仕事かと思ってた」

「そう思われますよね。アパレルって結構キツいんすよ実は」

「いるよね、外見と内面があんまり一致しない人」

私は昼間に思い出した鐘水の顔を再び思い出す。

「いや、ていうか、一致する人なんているんですかね」

彼の何気ない一言は、結構へこんでいた私の胸に軽く突き刺さった。


二十九歳という字面に焦《あせ》りはあるものの、私は正直何を焦れば良いのかあまりよく判っていない。結婚だとか出産だとか、会社にいる同年代の女の子は口々に焦ってている様子で話を振ってくる。けれど実際のところ、彼女らもそれほど焦ってないんじゃないかと私は思う。だってなんだか真剣味がないのだ。ヤバイー、どうしようー、行きおくれるー。ほんとに焦ってたら、もっとオニのような形相になるだろうに、彼女らはそんなことを言いつつも楽しそうに笑っているのだ。

とりあえず三十歳になる前には引っ越さなきゃならない、と毎年思いながらも、もう四年、雑居ビルの屋上のプレハブに月一万二千円で住まわせてもらっている。これってもしかしてホームレスって言うんじゃないだろうか。

既に晩秋、プレハブはものすごく寒い。あまりに寒くて凍死しそうな真冬は、マンガ喫茶で一晩を明かす。ときどき後藤ちゃんちに泊まらせてもらうのだけど、最近後藤ちゃんには彼氏らしき男ができたので、それもちょっと悪いかなと遠慮していた。

何がヤバいって、何も焦ってないことが一番ヤバい。唯一親友と呼べる女に男ができても、私も彼氏がほしい、とかいう欲求がまるで湧いてこない。仕事はとんでもなく波瀾万丈だし、趣味にもいそしみたいし。

最近の趣味は仏像を彫ることである。真言密教の声明《しょうみょう》を聴きながら木を彫っていると、他では経験のできないトランス状態を経験することができる。本来ならば煩悩《ぼんのう》を払拭するために仏像を彫っているはずなのに、その状態は最早《もはや》性的興奮に近く、なんだか本末転倒のような気がする。夏の終わりごろから始め、今は既に三体目だ。記念すべきひとつ目は後藤ちゃんに差しあげた。異常なくらい喜んでくれて、ときどき写メを送ってきてくれる。直近の写メは「囚《とら》われのタマちゃん」という題名で、みかんのネットにすっぽりと入れられて全身タイツ状態の仏像だった。なおタマちゃんという愛称は「ゴータマちゃん」の略である。色々と不謹慎極まりないが、愛されていて嬉しい。

一緒に声明のCDもコピーしてあげた。これもすごく喜んでくれた。後藤ちゃんは音楽オタクなので、信じられないほどたくさんの音楽を聴いている。ひと回りもふた回りもした結果、最近気に入ってよく聴くのは林原めぐみ(元祖アイドル声優)というオタクぶりだ。めぐみよりも良いね、と褒《ほ》められたお坊さんたちはどう喜べば良いんだろう。

毎晩会社から帰ってきたあとは屋上のプレハブの外の寒空の下、ヘッドフォンから流れてくる美声にうっとりしながら黙々と仏像を彫る。十時になったら作業を止め、お風呂セットを持って徒歩五分の銭湯へ行く。

「中尾ちゃん、業者さんに頼んだらね、ホームランバー入れてくれたよ」

番台のおばさんが、私の顔を見ると嬉々として言った。アイスケースの中にガリガリ君はあるのに何故ホームランバーがないのだ、と夏ごろにクレームを入れていたのだった。忘れてた。

「マジで? 嬉しいー」

目一杯の笑顔を返しつつ、業者めこのクソ寒い季節になに余計なことしやがると心の中で呪った。

数日後、村内君が業後に声をかけてきた。

「中尾さん、ちょっとお話ししたいことがあるんですが、夕飯一緒にどうですか」

「いいよー」

昨日の夜、彫刻刀を指に突き刺してしまったため今夜は仏像が彫れない私にとって、願ったりかなったりの誘いだった。鞄を持つ私の手を見て、村内君は尋ねる。

「指、どうしたんすか」

「料理してて切った」

一瞬意外そうな顔で私を見たが、すぐにいつもの飄々《ひょうひょう》とした面持ちに戻り、村内君はふたつ隣のビルの地下にある居酒屋へ向かった。サラリーマンでごったがえす店内、辛うじて空いていたカウンターの席に案内される。

「なに、話って」

村内君はゲイだと決め付けているので、彼の「話」が恋愛関係であるわけがない。勿体《もったい》つけるのもめんどくさいから私はビールで乾杯をしたあとすぐ核心に切り込んだ。

「あなたが好きです、中尾さん」

「やだそんないきなり……」

すみませんこれは私の妄想です。本当は以下のとおりである。

「橋野さんのことなんですけど」

ほらねー。小指の爪くらい若干ガッカリしながらも、私は「なに？」と先を促す。

「中尾さん、入木田《いりきだ》興業の担当になったのっていつからですか？」

「三ヵ月半前」

異動が多い会社なので、先輩の引継ぎ企業が結構ある。私は今の営業所で一年半だが、早い人だと半年で異動になったりしている。

「じゃあ、橋野さんより前にいたスタッフさんについてはご存知ないです？」

「ひとり前は知ってるけど、それより前は知らないなあ」

「ちょっとこれを見てください」

そう言って村内君は鞄の中からクリアファイルを取り出した。挿《はさ》まれている紙を渡される。だいたい大学を卒業してすぐ、もしくは第二新卒の世代の女の子たちのデータが九枚あった。橋野さんも同年代だ。九枚を順繰りに見ていって、私ははっとす

る。わが社での就業記録は、すべて橋野さんが先日までいたあの会社で終わってい
る。しかもすべて三ヵ月で終わっているか、契約途中で辞めている。約二年の間に担
当営業は三人代わっており、契約終了となった詳細な理由は書かれていなかった。明
らかに不自然だ。

「なにこれ、どういうこと?」

「一応、中尾さんが異動したら俺がコーディネートだけじゃなくて営業受け持つんだろうなーと思って、中尾さんが担当してる企業全部調べたんですよ。他の会社はほぼ順調に契約続行してるのに、この会社だけ何故かこんなに人が代わってる。おかしいと思って」

何事にも動じない先輩社員を演じるのは最早無理だった。私は最後の一枚、橋野さんの顔写真を見ながら唇を噛む。

「で、俺、昨日と今日で橋野さん除いた全員に掘り起こしの電話かけたんですよ、そしたら理由はまちまちだけど全員NGでした、八人全員ですよ?」

「……君はほんとによく働くね」

「すみません、勝手な真似して」

「いや、そういう意味じゃなくて純粋に」

そういえば村内君とふたりで飲みにくるのは初めてだ。彼は入社してきて初めて配属されたのが半年前、今の営業所だったのだが、滲み出る雰囲気がオシャレすぎて普通のサラリーマンとはかけ離れていたため、年配の古株社員なんかは彼を露骨に嫌がった。

「村内君、なんでアパレル辞めたの？」

「なんとなくです」

あからさまな拒否でもなく、ごく自然に彼はそう答えた。うまい、と思った。こういう質問をした際、待ってましたとばかりに身の上話を始める人は意外と多い。入社してすぐのころ、登録センターにいたとき、私はあんたのプライベートみのもんたかと思うような話を何人もから聞いていた。そういう人は大抵自分が悲劇のヒロインであるかのように憐れな身の上を話す。その土台があったうえで、どれだけ自分が素晴らしい人材であるかの自慢話を始める。悲劇になるも喜劇になるも凡人になるも、すべて自分の気の持ちよう次第なのになあ、と私は頷きながらただ事務的に職種の希望なんかを訊いていた。

その点、村内君の受け答えはとても良いなあと思った。

「中尾さんはどうしてこの会社入ったんですか？」

「私は転職。大学卒業したすぐあとは単発のマネキンやってたんだけど、社員になってスタッフの管理する側に回って、どうせだったら日雇いじゃなくて普通の派遣社員のマネジメントしたいかなあ、と思ったの」

「どうしてです？」

「ぶっちゃけそっちのほうが給料が良かったんだよね」

「あー、俺もそれあります。アパレルって信じらんないくらい給料安いんですよ、俺店長だったんですけど、こっち転職して十万あがりましたから」

「マジで！　なにそのカニコーセン」

「なんですかそれ」

「なんか昔の小説で、貧乏暇なしの代名詞らしいよ」

「カニ光線とか、結構必殺技っぽいのに」

「ウニ光線には負けるんだよきっと」

私たちはひとしきり笑ったあと、再び書類に向き直った。橋野さんの後任には、既にひとり入れている。いくら自分を見つめなおすハワイ旅行が長かろうと、二週間もすれば帰ってきているだろう。

「中尾さん、週明けにもう一回橋野さんの家行ってみませんか」

村内君は真剣な顔をして私に言った。私は首を横に振る。

「まずそれよりも、過去に担当した営業をあたってからにしたい。もしかしたら橋野さんにはきちんと謝罪をしなきゃいけないかもしれないから」

自分に科せられるペナルティばかりに気をとられ、真剣に話を聞こうとしなかった私。もしかしたら橋野さんの言うとおり、本当にトイレの壁に目があるだけでなく、おっぱいばっかり見てる会社なのかもしれない。

「さすがっす、中尾さん」

「なにが?」

「揉み消そうとしないで調べるなんて、やりませんよ普通」

「だって気持ち悪いじゃないこれ、九人だよ?」

私の返答に、村内君は小さく拍手してくれた。ちょっと気分が良かったけど何に対して気分が良くなったのか判らなかった。

土曜の夜、後藤ちゃんに誘われてまた音楽イベントをやっているカフェに赴く。そのイベントがちょっと前衛的過ぎるオナニー全開のプログレ中心で予想していたよりもつまらなかったので、そして比較的その夜は暖かかったので、更に私の住所の近くにある店だったので、途中で抜け出し熱燗《あつかん》を買って家（プレハブ）に戻った。

「なんかごめんねー、つまんなくて」

ヒノキの風呂桶を引っ繰り返し、後藤ちゃんはその上に座って熱燗を開ける。

「良いよ、奢ってもらったし」

私は新たに導入したバケツを引っ繰り返し、その上に座った。

「私、最近もう音楽オタク自称できないんじゃないかと思ってきた」

「なんで」

「さくら学院の公開授業に行ったらものすごく面白くてさー」

「行ったんだ！　楽しかったんだ！」

「楽しかったとも！　可愛かったとも！　なんかもう音楽オタクじゃなくてただのオタクだわ私。菅野よう子と梶浦由記のライブも行こうと思って」

「私そのふたりのライブ音源持ってるよ」

「マジで！　ちょうだい！」

断る理由もないし、PCを出してきて後藤ちゃんの差し出したiPodを接続し、iTunes画面を開く。ついでにカウボーイビバップ（音楽：菅野）と北斗の拳劇場版（音楽：梶浦）の映像データも転送しておく。息が白くなってきたので、プレハブの中から毛布を持ってきて、ふたりでくるまって空を見あげた。もうすっかり冬の星座になっている。

「ねえ中尾ちゃん、今年こそ引っ越さないとそろそろ死ぬよ。最近、氷河期きてるらしいよ」

「毎晩仏像にお祈りしてるから大丈夫、氷河期がきても私はノアの方舟《はこぶね》に乗れるし」

「それキリスト教じゃない？」

じゃあ仏教は何の方舟に乗れば良いの？　全日本か新日本の方舟じゃない？　そっかー、私はＷＷＥの方舟が良いなあ。

こういう時間がずっととても好きだった。他愛もないことを話して笑って、明日には話した内容を忘れるような実のない会話をする時間。笑いながら吐く息が本当に白い。

「……ねえ後藤ちゃん、少し真剣な話して良いかな」

「どのくらい真剣に聞けば良いかな」

「松竹梅で言えば竹あたりでお願い」

判った、と言って後藤ちゃんは口を一文字に結んだ。私は鑓水の話から始めた。後藤ちゃんの口はすぐに開いてしまった。

「正社員？　あのヤリマンが？」

「ヤリマンとか言わないでよ後藤ちゃん、一応私のスタッフさんだし」

「ごめん」

再びお口にチャックをし、後藤ちゃんは先を促す。本当は自分が抱えているスタッフの情報については、友達であろうと誰であろうと、絶対に社外秘だ。だから鑓水がうちの会社のスタッフであることを、後藤ちゃんは今まで知らなかった。

人に対して、いっときでもその人物像を表層だけで判断していた自分を恥じている。

外見と内面が一致する人なんているんですか、という後輩の言葉にはっとした。もしかして、私は救いの手を求めていた人に気付かずに通り過ぎてきていたのかもしれない。

引継ぎ時に確認すべきことをせず、ただ会社と自分の儲けだけを考えていたことにより、何人ものスタッフがもしかしたらイヤな思いをしていたかもしれない。

私の話すことを、後藤ちゃんは黙って、ときたま笑いながら聞いてくれた。話し終えたあと、後藤ちゃんは口を開く。

「切り捨てる判断も仕事のうちだと思うけどな、私は」

「そう?」

「私の仕事、テクニカルサポートでしょ。だから電話とかメールとかしてくる人は間違いなく救いの手を求めてるわけ。でもやっぱり全員を助けることはできないんだよ。ギリギリまでお手伝いはするけど、継続案件だとそのうち音信不通になったりして、そういう人はこっちからの確認作業はしない。もしかして向こうで解決できてるかもしれないし、できてないかもしれないけど、それは向こうが諦《あきら》めたってことだと思ってるよ、私は」

外資系のセキュリティベンダーでサポート業務を行う後藤ちゃんが、何を言いたいのかは判った。彼女の理論で言えば、橋野さんやその前のスタッフたちは現場から逃げただけだ。

「それにうちも仕事キツいから、みんな『精神的に耐えられません』って、早い人だと三日で辞めちゃうの。それでも派遣会社はその三日ぶんのお金を払わなきゃいけないでしょ。彼らが作った迷惑の種を摘み取るのは派遣会社と、私たち先輩の仕事じゃない。そのうえ『何が辛かったの? 大丈夫?』なんて優しい言葉なんかかけられないよ。どんだけ脆《もろ》い精神なんだっつーの」

言葉をつづける穏やかそうな後藤ちゃんの声に、僅かな険《けん》が含まれているのに気付く。

「……なんかあった？」

「……入ってきた派遣が、ふたり連続一週間で辞めた」

幸いうちの会社のIT部門はまだ外資に弱く、後藤ちゃんの派遣先には進出してない。ほっとしたものの、なんとなく同じ業界の社員として謝罪したくなった。

切り捨てるのも仕事のうち。後藤ちゃんはそう言った。ある意味それは事実だ。けれど私は翌週から動き始めた。前任者であった男性の営業が異動していった先に電話をかけ、彼に話を聞くために、その日の夕方、アポを取る。村内君が同行してくれると言ってくれて、ちょっとだけほっとした。

二週間だけ引継ぎのために時期が重なった先輩の大井《おおい》は、外資金融からの転職組で、細身のスーツにピカピカの靴、デキる男オーラを撒《ま》き散らしながらいつもせかせかとしている男である。実際には、外資金融という激務をドロップアウトして比較的いつも社員を募集している異業種にきているのだから、ぜんぜんデキない男であるのは間違いない。

「俺忙しいから、手短にね」

喫茶店の席につくなりちらりと目を遣る腕時計は勿論フランク・ミュラー。ローンだろうなあと思いつつ私は単刀直入に尋ねた。

「入木田興業に行ってたスタッフさんのことなんですけど、何かトラブルの報告お聞きになってませんか」

「えー、三ヵ月満了だから特に問題ないんじゃないの？　確かに全員短かったけど」

「短かったのはご存知だったんですね？」

「三人担当したからね」

隣で村内君がデータに目を遣る。そして口を開いた。

「ひとり、途中で辞めてますよね。これは何故？」

「憶えてないよー、アサイン評価に書いてない？」

村内君の眉間にぎゅっと皺《しわ》が寄る。空欄だから訊いてるんだろうが、とでも言いたげに。

結局肝心なところは何も判らないまま、大井はテーブルに金を置いて帰ってしまった。あーあ、と溜息をつき、私はずるずると椅子を滑り落ちる。

「ああいう人苦手なんだよねー、オシャレ系男子っつーの？」

その発言に、村内君は般若《はんにゃ》の顔をして反論した。

「ぜんぜんオシャレじゃないですよあの人。全身ブラックレーベルじゃないですか、ただの無難な人ですよ」

「見て判るんだ、すごいね」

「俺だったらあの靴にはドリス合わせます。カフスも何あれ、ちょっと無理しちゃった新入社員かっつうの」

服については判らないのでそれ以上の会話は止めた。煙草を吸っていると、村内君はちょっとバツの悪そうな顔をして、話し始めた。

「こないだ、なんでアパレル辞めたのかって、中尾さん訊いたじゃないですか」

「うん」

「俺がいたの、日本に入ってまだ日の浅いブランドだったんですけど、それまでも海外では結構人気があって、日本にも顧客はそこそこいたんですよ」

心を開いたあとの打ち明け話か。私は頷き、先を促す。

「洋服が好きな男と付き合ったことあります?」

「ない」

「ヤッらマジですげー金使うんですよ。うちってジャケットの平均単価が十二万円だったんですけど、俺くらいの年齢の男がそういうのビシバシ買ってくんですよ。俺はスーツ一着買ったらそれで給料吹き飛ぶのに」

「十二万！　十ヵ月分の家賃だよ！」

「そっちのほうがビックリですよ！　どんな家住んでんですか中尾さん！」

「いや、私の話はいいから、つづけて」

しばらく村内君は私の家賃に言及していたが、さすがにホームレス同然の家に住んでいることとは言えず、はぐらかしていたら諦めたのか再び話し出す。

「単価高いから、わりと簡単にカードの限度額とか超しちゃうんですよね。でもこっちも売りたいから、リボ勧めてみたり、前金だけもらって取り置きしてみたり。俺、日本一号店の店長だったから、俺の顧客も『店長の顧客』みたいなプライドがあって、なにがなんでもシーズンの新作はコンプリートするんですよ」

「なんか、すごいな、洋服オタク」

「なんていうか、浅ましいんですよね。顧客になろうとして金使って、店員に虚勢張って。新作発表会のインビテーション獲得しようと頑張っちゃって。自己破産寸前だって判ってるお客にも、新作カタログ見せて予約させて。俺の稼ぎにはなるけど、なんか俺嬉しくないし、たぶん客も辛いだけだろうなと思ってて」

これは喫茶店ではなく酒の席で、しかも二杯目以降の話題なんじゃなかろうか。

思ったけど言わないでおいた。そして尋ねる。

「それでなんで次の仕事が人材派遣なの」

「いや、それでもまあなんとか仕事はつづけてたんですけど、そんなときに見ちゃったんですよ。渋谷で、俺の顧客様がティッシュ配りしてんの」

「それはまた……」

「うちの店の服着て靴履いて、合計三十万の格好して、やってることはティッシュ配りですよ、キャバクラの。声かけられなくて、っつーか、見てるのも辛くて。どんな思いで金貯めてうちの服買ってるのかって思ったら、なんか耐えられなくなっちゃって」

正社員じゃなくても良いから、きちんとした職場を提供してあげたい。プライドを持って服を買ってほしい。そして然るべき場所で服を着てほしい。そう思った、と村内君は言った。

「……なんか、外見で判断しちゃいけないのは判ってるんだけど、君は意外にもものすごく真面目だね」

「そうですかね」

謙遜というふうでもなく、村内君はちょっと笑って首を傾げただけだった。良いなあ、とまた思う。ゲイじゃなければ良いのになあ。でも見た目からして絶対にゲイだよなあ。

その夜は会社に戻らず直帰し、私は寒空の下でまた仏像を彫る。村内君は、仏像あげたら喜んでくれる人だろうか。

大井の前に担当していた営業も、やはり彼と同じように何も語らなかった。そしてその前の営業は既に会社を辞めたあとだった。

「てーづーまーりー」

既に一週間が巡り、金曜の夜。バサリと音を立て、私はデータの束を机に放る。村内君は外出していて留守だった。ぼんやりと天井を見つめていると、机の上に置いてあった携帯電話が振動する。メールの発信者は後藤ちゃんだ。

『明日、少年野球の試合を見に行く?』

後藤ちゃんの付き合っている男は、同じIT業界で働いている派遣だが、休日は少年野球のコーチをしている爽やか青年だ。以前私は彼の見ている少年野球チームの中学生と恋に落ちた(一方的に)。しかし少年はゲイだった。彼が恋をしているのはコーチである後藤ちゃんの彼氏で、私は後藤ちゃんの恋を応援しながら、少年の恋も応援せざるを得ない（そして両方ともちょっと実らないでほしい）という非常に説明の大変な板ばさみを経験した。今でも少年の顔を思い出すと少しだけ胸が痛い。

「どうしたんすか」

「おふぅ」

突如うしろから声をかけられ、その声の主が村内君だということを判っていながらもビックリする。

「携帯持った石仏みたいになってましたよ」

「過去の恋を思い出してたの」

「元カレからですか」

「いや、なんか説明しづらいっつうか」

特に興味もなさそうに村内君は席につき、ＰＣの電源を入れる。私は椅子を半回転させ、尋ねた。

「村内君さあ、野球やってた？」

「いや、俺はバドミントンです」

また極め付きに話を広げにくいジャンルだ。オグシオってなんだか関取の名前みたいだよね、という発言をしようかどうしようか一瞬迷った末、私はそのまま会話を終わらせて椅子を戻そうとした。が、同時に椅子を半回転させた村内君の発言に再度椅子を回すことになる。

「やりますか、バドミントン」

「はい？」

「公園で人に迷惑をかけずにできるスポーツナンバーワンですよ、バドミントン」

村内君の瞳は、今まで見たこともないほど輝いていた。恋の始まりだろうかと勘違いしてしまいそうなほどの輝きだが、おそらくバドミントンができそうだということに単純に喜んでいるだけなんだろう。

「……やろうかな、私も運動不足だし」

少年野球の試合は、後藤ちゃんオンリーで観に行ってもらうことにしよう。

「マジすか、じゃあ明日、代々木公園で。ラケットとかは全部俺が持ってきますんで」

というわけでその日は帰宅し、翌日正午、私は古着のリーボックのジャージに薄手のダウンを羽織った姿で代々木公園へ向かった。駅から一番近い入り口には、既に場違いに思えるほどオシャレな装いの村内君がラケット片手に立っていた。

「うわ、渋っ。なんでリーボック」

私の姿を見るなり、村内君は笑う。

「このダサさが良いんじゃないの、君は運動するっつうのになんなの、そのオシャレな格好は」

「いや、これジャージですから」

空は気持ちが良いほど晴れていた。敷地に入ると、冬だというのに大勢の人々がだだっぴろい公園にレジャーシートを敷き、それぞれの時間を楽しんでいる。比較的人の少ない場所を選び、村内君は荷物を下ろした。そして簡単な柔軟を始め、私にも柔軟を促す。なんか本格的だ。五分ほどの柔軟を終え、村内君は私にラケットとシャトルを渡す。

「じゃあ、中尾さんからどうぞ」

シャトルはゴムとプラのおもちゃではなく、羽根でできた試合用のものだった。これ素人じゃ飛ばないよ、と思いつつサーブを打つと、やはり飛ばなかった。なんとか村内君のところまでひょろひょろと飛んでいったコンマ何秒かのち、私の鳩尾《みぞおち》に激痛が走る。気付けば足元にシャトルが落ちていた。

「すんません！　大丈夫ですか？」

「バカ！　手加減してよ、素人なんだから！」

私はふたつ目のサーブを放つ。数回のラリーがつづいたのち、再び肩に激痛が走った。

「痛いよバカ！」

離れているために聞こえなかったらしく、にっこにこしながら村内君は叫んだ。

「楽しいですね！」

「楽しくないよ！」

「はいー？」

「どこが人に迷惑かけないスポーツナンバーワンよ、私に迷惑かかりまくりだっつうの！」

こんな痛い思いするくらいなら、後藤ちゃんと野球観に行ったほうが良かったかな。そう思ったけれど、村内君の幸せそうな顔を見ていたら、なんだか私も少し幸せな気持ちになった。そして思い出す。人が幸せそうな顔をしているのを見るのは、すごく嬉しいものなんだな、と。

再びシャトルを放りあげ、私は渾身《こんしん》の力を込めてサーブを打つ。村内君はそれを、やっぱりものすごい勢いで打ち返す。反射でラケットを振り下ろしたらうまく村内君のところまで返った。

「すごいじゃないですか中尾さん！」

「マジ私才能あるかもしれない！」

「自惚《うぬぼ》れないでください」

三十分ラリーをつづけただけで、冬だというのに私は汗だくになった。休憩を要請し、近くの木の根元に腰を下ろす。隣にやってきた村内君の顔には汗の粒ひとつさえ浮いていなかった。

「なんていうか、君はほんとに見かけと裏腹な人だね」

「中尾さんも、意外とそうですね」

「そうかな？」

「そのジャージ。いつもきちんとしたスーツなのに」

「あー、あれ全部スーツセレクトよ。めんどくさいから」

村内君は途端にがっかりした顔になる。私は汗の浮いた顔（すっぴん）をタオルでごしごしと拭いた。そして気付く。

——これ、もしかして考え方を変えればデートだったんじゃないか？

村内君の横顔を見つめていたら、村内君も視線に気付いて私のほうを向いた。

「なんですか？」

「いや、美しい横顔だなあと思って。モテるでしょ」

「はい、比較的、男には」

アパレルってゲイ多いんですよ。そう言って村内君は笑う。やっぱりか。私はペットボトルのボルヴィックを飲み干し、立ちあがる。

「もうひと勝負お願いします、師匠」

「よし、何度でもこい！」

村内君も立ちあがり、私と距離を取るために駆けてゆく。白いシャトルが青空に舞う。私の太腿《ふともも》に激痛が走る。


「翌日に筋肉痛が出るってことは、まだ肉体年齢若いんだよ。良かったね」

後藤ちゃんの慰めに頷きつつも、立ちあがることすら困難だった。手の届かない場所は、後藤ちゃんがサロンパスを貼ってくれた。日曜の夕方。食生活が貧しい私のために、彼女は昨日の残りのおかずを持ってきてくれたのだ。

「で、その後輩は男なの？」

後藤ちゃんは目をキラキラさせながら尋ねた。私は捲《まく》りあげていたトレーナーの背中部分を下ろし、頷く。身体中サロンパスくさい。

「どんな人？　やっぱり変な人？」

「私が変な人みたいな言い方やめてくれる？」

「中尾ちゃん云々《うんぬん》じゃなくて、普通はもうちょっと段階を踏んでからそういう休日の家族みたいなデートをするもんじゃないの？」

「やっぱデートだったのか、あれは」

二時間バドミントンをつづけたら動けなくなった。村内君はそんな私に少し不満そうだったものの、概ね満足したらしく、そのまま解散となった。お茶とかご飯とかのオプションはなかった。帰ってきて銭湯へ行って、鏡で見えるところだけでも、十一ヵ所青痣《あおあざ》ができていた。

ご飯を食べながら後藤ちゃんに村内君の人となりを説明していると、会社から持たされているほうの携帯電話が鳴った。基本、休日は出る義務がない。しかしもしかして村内君からかも、という僅かな期待から、私はその着信を受けた。

「はい中尾です」

「……あの、橋野です」

消え入りそうにか細い女の声は、確かにそう名乗った。私は慌てて耳に電話を押し当てる。彼女の携帯電話に何度も着信を残し、留守番電話も残していた。やっておいて良かった。

「橋野さん!?　今どこ!?」

カセットコンロのガスを取り替えようとしていた後藤ちゃんも、私の声に反応し手を止める。

「ご迷惑おかけして、すみませんでした……」

「ううん、私のほうは大丈夫。帰ってきたの？　今から会える？」

「……」

「あなたに何か咎《とが》があるわけじゃないの。バックレたこと責めるつもりもないし、むしろ私のほうが完璧にフォローできていなかったことがあるかもしれない、お願い、会って話をさせて」

橋野さんはしばらく渋っていたが、私が何度も懇願すると、やがて場所を指定してきた。彼女の家からは若干遠いように思うが、幸いなことに私の家からそこはかなり近かった。私は電話を切り、カセットコンロを抱えたままの後藤ちゃんに向き直る。

「後藤ちゃん、せっかくきてもらったのにごめん。そしてもし時間があればできればついてきてほしいんだけど」

「良いの？　社内情報でしょ？」

「だから、もし本当に世間に公表できないようなおかしなことが起こってるとして、もし私が変な気起こして揉み消そうとかしたら引《ひ》っ叩《ぱた》いて」

私は使命感に燃えあがり、すっくと立ちあがった。つもりになった。そして上着を摑みその場から駆け出した。つもりになった。

「大丈夫？　生まれたてのインパラみたいになってるよ」

後藤ちゃんに支えられながら、外階段を五階分くだる。タクシーをつかまえ、指定されたファミレスへ向かった。幸い店内は空いていたので、念のため私たちは別々のボックス席に背をあわせて座り、橋野さんの到着を待った。

五分ほどして、橋野さんが現れた。私は立ちあがり彼女に席を示す。

「留守電、何度も入れてくださってありがとうございました」

私の正面に座り、橋野さんは深々と頭を下げる。

「いいえ、こちらこそきてくださってありがとう」

可愛い顔は相変わらずだったが、とにかく顔色が悪い。目の下には青黒いクマができており、肌も白いままだった。とてもハワイに行って自分を見つめなおしてきた（リフレッシュしてきた）女には見えない。

「うちの後輩が、入木田興業に派遣されたスタッフさんを全部調べたの。そうしたら、みんな橋野さんと同じような辞め方をしてた。もっと真面目にお話を聞けば良かったです。ごめんなさい」

ごちゃごちゃ言い訳するのもめんどくさかったので私は単刀直入に謝罪して頭を下げた。顔をあげると橋野さんは怯《おび》えた顔をして私のほうを見ていた。

「どうして突然辞めることになったのか、教えてくれませんか？」

橋野さんはしばらく黙ったまま俯《うつむ》いていた。私は間を空けて何度か頭を下げた。

「……私が喋ったって、絶対に言わないでくれますか」

うしろで後藤ちゃんが聞き耳を立てている。私は頷く。

その後、俯いたままの橋野さんの口からぽつりぽつりと引き出された真実は、私や村内君が想像していたものを遥かに凌駕《りょうが》する内容だった。どうせセクハラやらモラハラどまりだろうと、心のどこかで軽く考えていたのに、ことの重大さに目の前が一気に暗くなり、ぐらぐらと頭が揺れた。

「……どうして、早く言ってくれなかったの」

「喋ったらどうなるか判ってるよね、って、言われて」

私の拙《つたな》い想像から察するに、橋野さんのやらされていたことは「運び屋」である。

私はまっとうに生きてきた部類の人間なので、当然のことながらその仕事の詳細内容は判らない。しかし話を聞いている限り、それは小説やドラマでよく見るような「運び屋」そのものだった。しかも仕事は一度きり。三ヵ月か二ヵ月に一度、何かを運ばされる。そしてその「任務」が終わったあとは、自主的に辞めるように言われる。

「運んだモノはなんだか判らないのね?」

「はい……」

実際に勤務場所に指定された事務所は、いつも私がフォローに行っていたオフィスではなく、その近くの小さな雑居ビルの一室だったそうだ。どう考えても偽装だ。しかも事務所には男しかおらず、ただひとりの女子であった橋野さんは、本当におっぱいばっかり見られていた。そして女子トイレには監視用の隠しカメラがあった。橋野さんは派遣先にバレないよう、言葉を変え私に助けを求めていたのだという。気付けなかった、というよりも気付かないフリをしようとしていた自分の情けなさに目の奥が痛くなった。

「ありがとう、喋ってくれて。ごめんなさい、気付かなくて。ほんと、ごめん……」

涙が溢《あふ》れてしまい、私は顔を覆った。うしろで後藤ちゃんが、聞こえないほどの小さな声で「泣いてる場合じゃないでしょ」と囁《ささや》く。そうだ。泣いてる場合じゃない。

私は涙を拭い、橋野さんに再度礼を言った。そしてとりあえず店の外で五千円札を渡してタクシーをつかまえ、家へ帰らせた。

席に戻ると、さっきまで橋野さんのいたところに後藤ちゃんが座って煙草を吸っていた。

「……どうしよう」

椅子に座り、私は比喩でなく、言葉どおり頭を抱えた。

「引っ叩いたほうが良い？」

「まだ待って」

私は頭を抱えたまま答えた。後藤ちゃんはしばらく黙ってもくもくと煙を吐き出していたが、二杯目のコーヒーを持ってきたあと口を開いた。

「これは私の推測だけど」

「……うん」

「たぶん、知らなかったの中尾ちゃんとその後輩だけだと思うよ」

予想外の言葉に、私は思わず顔をあげる。後藤ちゃんはコーヒーを啜《すす》りながら淡々とつづける。

「ヤバいことやってんの薄々知ってて、見ないフリをしてたんだと思う、今までの営業全員。会社も」

「そんな……だって、うち大手だよ?」

「キレイな仕事だけやってて大きくなった会社なんかないと思うよ?」

後藤ちゃんの言葉を理解するのに三秒くらいかかった。理解したあとは再び涙が溢れた。

普通、派遣させる企業は法務部が某データバンクの評価を基に審査を行い、篩にかける。財務内容や事業内容、総合的に見て安全であると判断したところにしか派遣させない。私が入社したときそう聞いた。そして登録スタッフにもそう説明してある。これ自体がおそらく「表向き」の姿勢だったのだろう。今まで何を見ていたのか私は。外面だけで判断して肝心なところは何も見えてなかったなんて。

「泣くな、大人なんだから。泣くならこれから先のことを考えなよ」

「サロンパスの薬効成分が目にしみるだけ」

十五分くらいで涙は止まった。その間に後藤ちゃんはこのクソ寒いのにパフェを頼んで食べていた。顔をあげるとアイスクリームの載ったスプーンを差し出される。私は素直にそれを口に含み、口の中と喉を潤した。そういえば銭湯のホームランバー、食べてない。食べなきゃ。

「村内君に電話してみる」

「うん、そうしたほうが良いと思う」

電話を取り出し、村内君の会社携帯にかける。意外とすぐにつながって、村内君の硬そうな声が聞こえた。

「村内君？ 今から出てこられない？」

快諾の返事ののち、私は伝票の印字を見て店の住所を伝えた。


「村内君、これは私の友達の後藤ちゃん」

「はじめまして後藤ちゃんです」

目の覚めるようなロイヤルブルーのダウンを脱ぎながら、村内君はソツなく後藤ちゃんと挨拶を交わし、私の向かいに座った。後藤ちゃんは私の横に移動してくる。

電話してからきっかり一時間で村内君は店に着いた。

私は村内君にさっきまで店に橋野さんがいたことを話した。そして、橋野さんの語った真実であろうことを話した。村内君の顔が目に見えて強張《こわば》ってゆく。

村内君がくるまでのあいだに、私は後藤ちゃんと今後の方向性のラフを考えていた。

「悔しいけど、後藤ちゃんの言ってることが真実だと思う。大井さんとかの態度、今

「思えば辻褄《つじつま》が合うもの」

あれは「面倒なことに首を突っ込みたくない」という意思を表していたのだ。ある意味大人の態度だった。そう考えると私たちは青すぎる。

「私たちには、何もできない。何かできるんだとしたら、もう入木田興業には人を入れない、少なくとも私たちが担当している限りは」

私の消極的な解決方法に、村内君は唇を噛んだまま席を立ち、お手洗いに向かった。

「……派遣業界に夢を持って入ってきた人なら、辛いだろうね」

うしろ姿を見送ったあと、後藤ちゃんはぼやいた。彼女にはさっき、村内君が何故転職してきたのかを話していた。プライドを持って服を買うためにプライドを持って仕事をしてほしい。彼の言い分はそうだった。

「それにしても、身体から滲み出るオシャレオーラが半端ないね」

「うん」

「ゲイだろうね」

「やっぱりー？」

「だって、あの服は女のためのオシャレじゃないよ」

よく判らないけど、たぶんすごい高い服なんだろう。細くて薄い筋肉の付いた身体に、いやらしくならない程度に沿う薄手の柔かそうなシャツ。小さな尻の形が丸わかりの黒いパンツ。スーツとジャージ以外の格好を見て、うっかりその美しさに惚れぼれしてしまった。状況からして惚れぼれしてる場合か私のバカ。

五分くらいして村内君は戻ってくる。そして突拍子もないことを言った。

「中尾さん、明日の午前休めませんか」

「は？」

「後藤さんも、もし明日休めるんだったら、一緒に気分転換しませんか」

村内君は指の先で車のキーをぐるぐる回していた。後藤ちゃんは派遣なので、比較的簡単に「病欠」で休める。ので、すぐに頷いた。私も、なんかもうあの会社のために尽くすのがちょっといやになっていたので、その提案に心が騒ぎ、頷いた。

緑色のコンパクトカーで村内君が向かった先は、臨海副都心だった。レインボーブリッジを渡っている最中、後藤ちゃんは窓の外を見ておおはしゃぎした。

「超久しぶりにきたね！　大学生以来だね中尾ちゃん！」

「寒そう……」

まだギリギリ日付が変わる前だったため、お台場付近の街路樹にはクリスマスのイルミネーションが輝いていた。そういえばもう十二月になっていたんだ。まだ第一週だけど、なんだか心が浮き立つのと同時にきゅっと寂しくなる。

「後藤ちゃん、今年のクリスマスはヤマッチと一緒に過ごすの？」

「うん、ブルーノートのチケット取れたから」

さらりと大人なことを言い、また後藤ちゃんは外を眺める。出会ってからこっち、お互い彼氏がいないとき、私たちはクリスマスを一緒に過ごしていた。六本木だったり麻布だったり渋谷だったり、昼まで粘るクリスマスイベントはそれなりに楽しみだった。ミルクやリキッドがブルーノートに変わるまで約十年。ぜんぜん成長していないと思っていたのに、やっぱり年は取っている。

車を路肩に停め、私たちは狭い海岸に下りた。同時にイルミネーションの灯りが落ちる。あたりは真っ暗になる。階段に座り、後藤ちゃんと腕を絡めて身を寄せ合う。

寒いのに、結構な人がいた。同じように座り込み、小さな声で喋りながら海を眺めている人たち。ときどき笑い声が交じる。

「私、飲み物買ってくるわ」

突如後藤ちゃんは立ちあがり、道路を挟んで向こうにあるコンビニ目掛けて走っていってしまった。代わりにそこには村内君が座る。

「あれ、本心ですか？ さっきの対応策」

この人も会話に前置きがない人だ。私は頷いた。

「後藤ちゃんに『キレイなことだけやって大きくなった会社なんてない』って言われて、考えてみたの。今の私や村内君の立場じゃ、やっぱり見て見ぬ振りをしなきゃダメなんだよ。青島刑事じゃないけど、偉いことしたければ偉くなれって、そう思ったの」

かつて後藤ちゃんと私はバカだった。唯一の救いは陽性のバカだったことだろう。バカであることを自覚していた私たちは、就職活動を端《はな》っから諦めていた。私はマネキン、後藤ちゃんは新卒派遣でなんとか職を得たそのとき、私たちはサラリーマン生活に適応しようと誓ったのだった。所属している社会の中で一番長いものに巻かれてさえいれば、サラリーマン人生は必ずうまくいく。日本はそういう国だ。

「……長いものに巻かれるんじゃなくて、私たち自身が長いものにならなきゃ、会社は変わらないよ」

「そっか……」

村内君は納得したのかしてないのか、複雑な顔をして空を仰ぐ。私もつられて空を見る。

「中尾さん、ひとつ間違ってます。偉いことしたければ偉くなれ、じゃなくてデカいことしたければ偉くなれ、ですよ」

「それも違う気がする」

見上げた夜の空は明るく、星なんかひとつも見えない。


橋野さんの次の人に、時給を五十円アップするから他の会社へ行ってくれないかと内々に打診したら、すぐに辞めてくれた。そののちに入木田興業から人材の打診があっても断った。私が断っても上司に連絡が行って、上司が人材を派遣する。残念だけど私にそれを止める権限はない。悪いことやってるかもしれないって、判っていながらそれに手を貸すなんて。

しかしながら十二月の三週目、驚くべきことが起きた。入木田興業に警察の手が入ったのだ。その事件は一日だけ、ニュースで三十秒くらい取り扱われた。私は偶然、夕飯を食べに入ったラーメン屋のテレビでそのニュースを見た。薄々想像していたとおり、橋野さんやその前のスタッフたちが運ばされていたのは密売銃だった。会社の対応は素早かった。入木田興業に関ったすべてのスタッフのデータが翌日には消去されていた。

朝の八時に会社に行ってデータベースにアクセスしていたら、十分後には村内君が出社してきて、同じ確認をしていた。

「良かった」

背後で嬉しそうに村内君が呟く。

「うん、良かった」

そうは言ったけれど、本当は良くない。これは外部からの力で発覚しただけであって、会社の内部は変わってない。きっと私が知らないだけで、こういう正しくない仕事をさせられる案件はまだあるんだろう。と思ったところで私は思い出す。

「……あ」

「え?」

「偉いこと、でもデカいこと、でもなくて、正しいこと、だ。青島刑事が偉くならなきゃいけない理由」

あー、と声をあげて村内君も納得する。正しいことをすることは、きっと長いものになることだ。ぱっと何かの扉が開き、私は言った。

「ねえ村内君、私、社長になるわ」

「えー、じゃあ俺副社長になりますよ」

「うん、ふたりで頑張ろう、なろう、代表取締役」

私が手を差し出すと、村内君もがっしりと手のひらを掴んでくれた。薄くてひんやりとしていたけれど、それは大きくて頼もしかった。

翌々日はクリスマスイブだった。私は勇気を出して業後、村内君を自宅に招いた。

「……」

ビルの屋上にあがった村内君は、私の住処《すみか》である傾いたプレハブを見て、言葉どおり絶句した。

「え、これマジすか」

「マジっす。一ヵ月一万二千円、電気代込み、ネットはそこらの野良無線LANに便乗してます」

風呂は、とか冷蔵庫は、とかそういう質問にひとつひとつ答え、二十分後くらいにようやく、本当にここに住んでいるのだということを村内君は納得してくれた。

「すげえ、中尾さんマジすげえ」

引かれるかと思いきや、逆に村内君は目をキラキラさせて私の顔を見た。そしてカセットコンロとまな板などの台所セットを見て何故か爆笑した。

「まあ、ここで作れる料理っつったら鍋か炒め物だけなんだけどね」

「そりゃこんな場所で料理してたら指も切りますね」

「あー、ごめんあれ嘘。本当は仏像彫ってて指えぐったの」

仏像って！　村内君は予想以上の大喜びだ。私は以前彫った二体目の仏像を持ってきて見せた。

「超本格的じゃないですか！」

「私、クリスマスプレゼントとか何も用意してないから、もしお邪魔じゃなかったらこれもらってくれる？」

「マジで!?　すげえ嬉しいんですけど！」

こっちはすげえビックリだよ！　クリスマスに仏像のプレゼントなんて意味が判らないと我ながら思っていたのに、なにその好感触。仏像もらって喜ぶのなんて後藤ちゃんくらいかと思ってた。

「女の人から手作りのものとかもらったの、初めてです、ほんと嬉しい」

果たして仏像が「手作り」というジャンルに収まるものなのか判らなかったが、村内君の顔を見ていたら私も嬉しくなった。そしてその次の言葉に私は耳を疑う。

「じゃあ、この人の名前はゴークンで」

「……ちょっと待って、それはもしかしてゴータマシッダールタのゴー君？」

「そうですよ？」

私の運命の人はこの人だ、と思った。タマちゃんとゴー君。普通そんな失敬な名前考えない。けれど私はそのネーミングセンスがものすごく好きだ。

大学で後藤ちゃんと出会ってから、なんか彼氏とかいなくても後藤ちゃんさえいれば良いか、という日々が結構つづいていた。ちょこまかと付き合っている人はいても、なんとなく付き合う時期も別れる時期も似通っていたので、結局ふたりで遊んでいる時間のほうが長かった。

でも私たち、もう大人だ。ヘテロセクシュアルの人間が女ふたりで寄り添って生きていくのは、きっと無理だろう。これは意志や願いの問題ではなく、自然の摂理に近いものなんだと思う。ゲイならばそれを乗り越えられて、同性同士で生きてゆくことが可能だろうに。

「村内君、もし今後、女に興味が出てきたら私と付き合って」

何も考えないで口を開いたら、そんな言葉が漏れ出していた。村内君は怪訝《けげん》な顔で私を見る。

「今でもバリバリ女好きですけど？」

「え？　ゲイじゃないの？」

「何言ってんですか、てか、また外見で判断したでしょ、中尾さん」

「あー……」

村内君はまた笑う。その顔を私は好きだなあ、と思う。

「一緒に社長になりましょう。俺はどこまでもついていきますよ」

見つめられ、目を閉じたらくちづけをされた。クリスマスイブに男とキスしたのなんて何年ぶりだろう、と思いながらも、たぶんこの人が私にキスをする最後の人になるんだろうな、という予感がした。

予感が確信になるまで、あと少し。

豪雪☆オシャマンベ

一九九〇年代後半から二〇〇〇年代初めに学生時代を過ごし、勉学に生きがいを見出せず、遊ぶほうへ情熱を傾けた若者であれば、たぶんそのほとんどが教養としてスノーボードをマスターしている。猫も杓子《しゃくし》もスノーボード、という時期を何年か経て、最近のイカした大人はスキーに戻り始めた。

時代の先をゆく俺。スノボとかもう終わってね？　スキーのがイカすべ？

そういう現象は、かつて、全部伸ばせば股間くらいまである超長いルーズソックスと呼ばれたものに熱狂した女子高生たちが、現在はハイソックスに戻っているのに似ている。

このお話はそんな、かつてルーズソックスをはき、大学へ入ったら毎冬雪山へ通っていたバカな学生だったふたりの女と、その彼氏であるイカした男子ふたりの、大人の物語。

☆

以前『恋に効く占い集』という乙女な特集を組んでいた女性誌が、何を血迷ったのか『冬だからこそ！ 身も心も熱く燃えるSEXでキレイになって新年度を私らしく迎えよう！』という特集を巻頭に掲載していた。「SEX」を「チゲ鍋（コラーゲンボール入り）」に変えても問題ない気がするし、特集名長すぎないか。

鞄から雑誌を取り出した中尾が、仕事帰りのくたびれた職業婦人たちでにぎわうカフェのテーブルにそれを広げる。

「えー、なんかまた『今すぐ人間やめろ』くらいのこと言われるんじゃないの、チャート式の占いで」

後藤は顔をしかめ、その表紙を見つめた。以前、同じ雑誌で『仕事辞めたい占い』を試した結果、ふたりして「いますぐ会社を辞めろ」と言われた。

「いやまあ、これを見てよ後藤ちゃん」

中尾が指さしたのは「あなたのアブノーマル度チェック」のページだった。

「私たち、こういうのそろそろ他人事《ひとごと》じゃないと思うの」

「どういうこと？」

「……」

「え、ムラッチもしかしてヘンタイさん？」

「違うよ！　生涯を共にしようと思う人がどれくらいヘンタイさんなのか、知っておく必要があるでしょ？」

「まだお試ししてないの⁉」

後藤の問いに、中尾はむっつりと黙り込んだ。昨年のクリスマスから既に一ヵ月と半分が経っていた。そろそろ梅の花が咲き始めている。

「マジですか！　ってあっつぅ！」

驚いた勢いで煙草の灰が飛び散り、手の甲とテーブルに落ちた。

「大丈夫？」

「うん、ごめん取り乱した」

そういうのって人それぞれだもんね、自分基準で考えちゃだめだよね、と思いなおし、テーブルを拭き、後藤はそのページに目をやる。

セックスにまつわる行為が五十種類記されており、上から「ノーマル↓アブノーマル」の順番になっている。ノーマルプレイとアブノーマルプレイのボーダーラインは顔面射精だ。本当か？

「一番ノーマルはキジョーイ?」

「これは普通にやるよね」

「やるよ、プレイとかそういう次元の話じゃない」

ふたりは顔を寄せ合い、誌面を見ながら討論を始める。そのふたつ下。無人島でセックスする。

「って、これただのバカンスじゃん、したいよ私も」

「『ストッキングを破かれる』。後藤ちゃん、ストッキングはく?」

後藤の職場のドレスコードは基本カジュアルだ。夏はアロハシャツに短パンの男がうようよしている。

「膝《ひざ》下ストッキングなら。あれ、ほら、むくみ防止の超締め付けるやつ」

「あー、あれね。はくのも脱ぐのも三分かかるやつね」

「むしろ破いてもらいたいよ」

「後藤ちゃん、それはただの横着な人の脱衣だよ。パンストじゃなきゃ意味ないよ」

その下も、オフィスでセックスだとかコスプレだとかいろいろあった。

「生徒と先生などのロールプレイをする、だって。後藤ちゃんやったことある?」

「あるわー。カテキョとその生徒って設定で」

「うん。童貞の男子高校生とカテキョの百戦錬磨女子大生」

「そっちなんだ！」

そして一番下、最もアブノーマルだとされるプレイは、「放尿させられる」だった。

「……」

「これ、おかしくない？」

後藤が尋ねると、「おかしいね」と中尾も同意する。

『彼のお尻にバイブを挿入する』とか『コートの下は全裸で外出』とかが放尿よりもノーマルプレイ認定されてるってどういうことよ。放尿プレイなんか、一緒に風呂入ってたらするでしょうよ」

「ええっ？　後藤ちゃんするの？」

「だって風呂入ってるときにおしっこしたくなったら、トイレ行くよりも洗い場でしたほうが楽じゃない？　おしっこするからちょっとあっち向いてて、って断って」

「それプレイじゃなくてただの排泄！」

「わいせつ？」

「は・い・せ・つ！」

知らぬ間に声が大きくなっていた。気付けばテーブルの脇で、ロコモコの皿をふたつ持ったボーイが複雑な顔をして立っていた。無言で皿を置いて、去ってゆく。

周りの客も女ばかりというのが幸いだった。そして三つ隣のテーブルには、同じ雑誌の同じページを見ているふたり組がいて、同じような会話をしているであろうことが予想されてほっとする。

「私は銭湯だから、風呂で放尿はできないの」

「可哀想に。風呂場での放尿は気持ち良いよー」

何もかもすっとばして、後藤は一番アブノーマルなのを経験していたが、彼のお尻にバイブを挿入したことはないし（そもそもマイバイブ持ってる女っているんだろうか）、スワッピングもしたことはない。

「アブノーマルも人それぞれだよねえ」

ふたりして、しみじみと頷いた。

よし、判った。

力強い後藤の言葉に、何が判ったのか判らなかった中尾は、まんま「何が？」と尋ねた。

「まさか三十直前で、中尾ちゃんがそんなモタクサしてると思わなかった。ワタクシがその場を作ってあげましょう」

「え、四人でするとか無理だよ、いくら相手が後藤ちゃんでも絶対無理」

「ばか、何考えてんの」

さっきまで放尿プレイとか大声で言ってたくせに、後藤は顔を赤らめる。

「一緒に旅行でもしようってこと。スノボ誘われてんの、山内君に」

「スノボ！　甘酸っぱい響き！」

「まだ身体なまってないでしょ？　ワンエイティーくらいならいけるでしょ？」

「でも、板売っちゃったよ」

「私の貸してあげる。憶えてない？　バートンの、ピンクのやつ」

ピンク色のスノーボード。しかもバートン。なんかキュンとする。身長もそれほど変わらないし、足のサイズも一緒だ。でも今この身体でまともに滑れるだろうか……。

「……中尾ちゃん？　大丈夫？」

いつの間にかぼーっとしていたらしく、後藤が目の前で手を振っている。はっとして顔をあげた。目蓋《まぶた》が落ちかけていた。

「なんか顔色悪いけど」

「いや、ぜんぜん大丈夫」

心配顔の後藤と別れたあと、中尾は駅へ向かう途中で彼氏の村内へ電話した。後藤の彼氏は山内、中尾の彼氏は村内。中尾が山内をヤマッチと呼んでいるため、必然的に村内はムラッチと後藤に呼ばれている。ややこしい。

「もしもし、村内君、今月末スノボ行かない？」

「俺スノボ滑れないですよ。スキーならいけるけど」

やっぱりか。薄々予想はしていた。テニスができないのにバドミントンの技が神の領域という人が、スキーよりスノボを選ぶわけがない。

「スキーでも良いよ。最終の土日あいてる？」

「あいてますよ。ていうか、これ明日会社で言えば良くないですか？」

「いや、早めに訊いておこうと思って。それに、明日会えるかどうか判らないでしょ」

年が明けて比較的すぐ中尾は部署転属になっており、既に村内との「営業・コーディネータ」ふたり組は解消されていた。階が分かれてしまったので、それまでみたいに毎日ふたりで喋りながら仕事、というわけにはいかなくなっている。

「俺の声が聞きたかったとか言えば良いのに」

「あー、じゃあそれで。電車乗るから切るね。また明日」

おやすみなさい、と笑いながら村内は電話を切った。

地下鉄の窓ガラスに映るくたびれた自分の顔を見ながら、まさか童貞じゃないだろう、と中尾はひとつ年下の彼氏について思う。去年のクリスマスイブに自宅（プレハブ）に招いたのをきっかけに、キスをしてお付き合いすることになった村内は、実家暮らしのため家デートができない。ときどき中尾の家（プレハブ）にはくるものの、今の季節、セックスするには寒すぎる。美術館に行ったり、日帰りの遠出をしたりはしているが、まだ泊まったことがない。ラブホという選択肢は、この年になるともうない。

翌日、会社のアカウントに後藤からメールが届いていた。

「たぶん上越国際になるけど、良い？　車はこっちで借りるから」

二秒でＯＫの返信をし、仕事モードに切り替える。二分後くらいに村内が何かの連絡をしに、中尾の近くにいる社員のところにやってきた。なんだか昨日の後藤とのやりとりを思い出し、ドキドキした。

え、中尾さん、そうなの？

後藤が先日の中尾のおぼこっぷりを恋人（なのかどうなのか未だに微妙だけど、デートしてるしセックスしてるしここでは恋人ということにしておく）の山内に話すと、彼は目を丸くして次の瞬間笑った。

後藤の部屋には、大学時代に中尾と一緒に撮影した写真がコルクボードに何枚か張ってある。大学時代の中尾は金髪のアフロだった。後藤は尻の下まである黒髪を肩甲骨の上くらいになるまできついスパイラルパーマをかけていた。こういう外見をしている人は遊んでいるように見られがちだけれど、実は遊ぶベクトルが男へ向かない。趣味のほうへ向くタイプが多い。逆に遊びのベクトルが男に向く女は、わりと毛髪も服装も清楚である。

「そういえば、わりと男に対して慎重なところはあったかもしれない、って思い出したんだよね、話してて」

「アナタは慎重じゃなかったんですね」

「アナタもそうですよね」

後藤は山内のアパートに初めて泊まった夜、そのまま性行為をいたした。恋愛感情とかはまるでなかった。でも、恋愛感情以外の何かで自分たちはつながれると思っていた。実際、山内と一緒だととても自然でいられる。今までそういうことが少なかったので、これは貴重だと思う。

山内はネットでグリーンプラザのリフト券付きプランを二部屋予約する。

「懐かしいわー」

ホテルの写真を見ながらバカみたいに広大なゲレンデを思い出し、後藤は溜息をついた。

後藤は南国の、雪の降らない(しかし火山灰は降る)地域に育った。スキーやスノーボードをするためには少なくとも鳥取県まで北上しなければならなかったが、そういうまどろっこしいのが嫌いな後藤の父親は、スキーをするために一気に北海道まで北上した。

北海道は異国である。中学生のときに父親にスノーボードを買ってもらい、初めてのスキー場であるニセコで、いきなり頂上まで連れてゆかれた後藤は、異次元かと思うような極寒の中、モーグル斜面を前にひとり泣き叫んだ(一緒にきた父親はさっさと下っていった)。泣き叫ぶと鼻水と涙が凍り、更なる地獄を見る羽目《はめ》になった。

あれを経験すれば、だいたいどんなスキー場でも怖くない。上越国際とか「へ」みたいなもんだ。

キーボードを打ちながら山内が尋ねる。

「中尾さんって出身どこなの？」

「青森県。でも大学まで雪山経験はなかったらしいよ」

「もったいねー」

「雪国の人ってだいたいそうだって。私みたいに南国出身の子のほうがみんな上手だったりするし」

へー、と感心した声をあげ、山内はメールフォームを送信し終える。

中尾にスノボを教えたのは後藤だった。小学校から中学校にかけてスケートボードを嗜《たしな》んでいた中尾は呑み込みが早く、三日後には林間、モーグル共に難なく滑れるようになった。その運動神経の良さに感心したのを憶えている。後藤はモーグルが滑れるようになるまで、頭から転んだ勢いでゴーグルを四つ破壊している。

「話変わるけどさ、後藤さん正社員まだ断ってる？」

ノートPCを閉じて山内は尋ねた。

「断ってるよ」

「そのせいで俺にお鉢が回ってきたんだけど」

「良いじゃん、なれば」

「ヤダよー。正社員になったら海外研修一年必須なんだよ」

「あー、あの社員食堂がマズいと評判のノースダコタ研修センターね。行けば良いじゃん、楽しいと思うよ」

そしたら遊びに行くよ、と言葉をつづける前に予想外のことを言われ、後藤は驚く。

「だって一年も離れるの寂しいよ。後藤さん寂しくないの？」

……えー！

「……えー！　じゃないでしょうよ後藤ちゃん」

あの放尿問題からちょうど一週間後の水曜日の夜、中尾は哀れな山内の心中を慮《おもんぱか》り、親友の鈍感な女に向かってやや憤りを込めて言った。

「だって私たちそういう関係だっけ？」

「何言ってんの？　私のことモタクサしてるとか言っておいて、モタクサしてるのどっちなのよって話だよ。好きとかなんとかそういう言葉は未だにないわけ？」

「ない」

「意味が判りません！」

既に冷めたおしぼりを後藤に向けて投げつけ、中尾はドリンクバーのお替わりを持ってくるために席を立つ。深夜のファミレスは人手というか注意が足りず、エスプレッソマシンの牛乳が切れていた。断末魔のうなりをあげて牛乳を搾《しぼ》り出す機械からは白い飛沫《しぶき》が飛び散り、中尾の衣服を汚す。ジャージで良かった。

「中尾ちゃん、ムラッチとそういう話するの？」

席に戻ると後藤がすかさず尋ねてくる。

「しますとも。だって私たち、ふたりで社長になろうって将来を誓った仲だもん」

「それはまた大きな夢だけど、それって好きとかそういうのとは違うんじゃないの？」

「そうなの？」

「だってそれって人生のパートナーっていうよりも、ビジネスパートナーってことでしょ？　社長と副社長が恋仲だったとして、別れたらその会社たちゆかなくなるんじゃない？」

「別れませんから、アタクシたち」

その言葉にだけは自信があった。たぶんあの青年を自分ほど理解できる女はほかにいないだろうと中尾は思う。

何かに対する愛が深すぎる人を、世の中はオタクと呼ぶ。村内は服オタクである。それも、服オタの中で結構な割合を占めるデニムオタクや古着オタクではなく、ひたすらラインを追求し、体脂肪が一桁、肩幅三十八センチ以下でなければ着られないようなシンプルかつ上等な服を愛する。しかし彼は服を愛しすぎたゆえに、一度は店長を任されつつも服飾業界で働きつづけることができなかった。

一般的に文学オタクやアイドルオタクなどと違い、服オタや音楽オタクはイケてるオタクに分類される。しかしイケてようとなんだろうと、趣味を突き詰めれば免疫のない人は離れてゆく。あるジャンルの音楽に詳しい者同士が音楽の話をすると必ず喧嘩になるし、興味のない人に音楽の話を延々とする（というよりも知識を押し付ける）のはものすごく嫌がられる。同様に、エインズリースプレッドカラー、クレリックカラー、フォワードポイントカラー、ロンドナーカラー、これらの違いを延々と四時間、その用途や成り立ちまでうっとりとした顔つきで説明されたら、服オタの女だったら知識量の張り合いになるだろうが、一般には「この人ステキ！」って思いつづけられる女はたぶんいない。ちなみにこれは色味のことではなくドレスシャツの襟《えり》型の違いである。

自分の好きなことを堂々と誇っている人を、中尾は愛する。音楽について活き活きと語る後藤を好きなのと同様、服に対する愛を切なそうに語る村内の顔が、とても好きだった。加えて中尾はバカだが知識欲は旺盛なため、彼らの話を聞くのが純粋に楽しい。

「中尾ちゃんが幸せなら、私はそれで良いけどさ」

「いや待ってよ、なに話締めようとしてんのさ。今私たち、ヤマッチがどれだけ哀れか話してたんじゃないの」

「哀れかー？　寂しいとか甘ったれたこと言って自分の将来を女に託すような男、私だったらイヤだけど」

「そういう問題じゃないじゃん」

「そういう問題だよ。言葉は悪いけど、女にはリスクがあるんだよ。妊娠したら働けないのは事実でしょ。産んだあとだって私たちみたいな地方出身者は親に子供預けることもできないから、保育所の空きを待たなきゃいけない。そのあいだ、働けないんだよ私たち。そしたら旦那になった人がお金稼がなきゃいけない。それって妊娠させた男の責任でもあるでしょ。離れるの寂しいとか言ってる場合じゃないじゃん」

後藤はほとんど息継ぎすることもなく淡々と述べた。中尾は一瞬言葉を失う。

「……そこまでヤマッチとのこと、考えてるんだ」

「いや、一般論として。私は派遣社員でいたいけど、普通に考えて、将来を考えるなら相手は正社員が良い。そのほうがリストラのこととかお金のこととか、余計なストレスがなくて済む」

そりゃそうだ。何か言い返したいのに何も言い返せなくて、そもそもの本題がなんだったのかもうやむやになっていた。

とりあえずふたりとも、満ち足りているけれど何かが足りてない。その事実だけは判った。


楽しければ良い、と思って後藤は生きてきた。ただしその楽しさには代償がつきものだということも、二十歳を過ぎたくらいから判っていた。お金がなければ欲しいCDは買えない。クラブにも行けない。そのために必要なより多くのお金を稼ぐには、キツい労働がつきものだ。欲望の大きさと代償の大きさは比例している。

二十九歳になったら焦るかな、と思っていたけどそれほど焦らなかった。どうやら自分の節目は二十九歳ではないらしい。世間の作り上げた二十九歳像よりも自分の時間に従っていったほうが良い。

あっという間に「月末の週末」を迎えた。東京は程よく寒く、スキー場の積雪量も足りている。金曜の夜、山内は借りてきた白いエルグランドで後藤の家に迎えにきた。後藤は自分と中尾、ふたりぶんの道具とウェアを車に積み込み、助手席に乗り込む。月の輪郭がくっきりと見て取れるほど外は寒く、車の中は数分ドアを開けていただけでも冷えた。

「さっむー」

手を擦《こす》り合わせ、近所迷惑になるからと絞ってあったオーディオの音量をあげた。広瀬香美の歌が聞こえてきて笑ってしまう。

「やっぱり雪山って言ったらこれでしょう」

大真面目に山内は言う。マーティフリードマンかおまえは。ていうか本当にそれは二十六歳の若者のセレクトなのか。

赤羽橋近くで中尾を拾ったあと、村内の家に向かう。中尾は今まで一度も村内の家に行ったことがないという。住所を書きつけた紙を読みあげナビを設定し、村内の家の前に着いたとき、三人は仰天した。

「なにこの屋敷！」

車を降りて木製の立派な門扉を見上げた三人は偶然にもユニゾンし、ちょうどそのとき、村内が道具を背負って門を開けて出てきた。

練馬といえども立派な東京二十三区だ。後藤の実家も中尾の実家も田舎なのでそれなりの敷地面積と古さがあるが、東京においてこの敷地面積と重厚な日本家屋はありえない。

「あ、うちここらへん一帯の地主なんです。初めまして村内です」

サラリとステキな事実を告げ、村内は初対面の山内に向かって頭を下げた。

「あ、どうも、山内です」

「似ててややこしいですね、名前」

「そうですねー」

初対面のサラリーマンという人種のやりとりは、だいたいぎこちなくて微笑ましい。中尾と共にニヤニヤしながらそのやりとりを見つつ、全員揃ったので車は関越道練馬入り口へ向かった。

真冬、深夜の関越道は同じことを考えている車がたくさん走っている。ほかの車の屋根の上に取り付けられたボードやスキーを見たら、自然と気分が高揚してきた。

「ヤバい、超楽しくなってきた！　中尾ちゃん、何聴きたい？」

ぐるりとうしろを振り向いて後藤は尋ねた。が、中尾のテンションは今ひとつだった。

「どうしたの？」

「なんか眠い。悪いけど寝てて良い？」

「うん、大丈夫？」

「うしろに毛布あるから使ってね」

やりとりを聞いていた山内が言った。

山内が気を遣ってくれたのか、雪山に向かう車の中で聴く音楽としてはありえないゆったりとしたフィオナアップルの低く美しい歌声と、なんとなく犬小屋くさい毛布に包まれて寝ていた中尾は、しばらくしてから直下型地震のような揺れと後藤の悲鳴で起こされた。

「ギャーーッ！」

シートベルトがロックされ身体をホールドし、腹部に鋭い痛みが走る。何よりも首が前後に振られ、筋を違えた。ワイパーが左右に揺れる向こうを見ると、大型のトレーラーが今まさに、ゆっくりと横転してゆくところだった。いつの間にか外は豪雪となっていた。

「ギャーッ、ギャーッ!!」

「外、外出て、巻き込まれる！」

運転席と助手席は阿鼻叫喚《あびきょうかん》で、うしろでふたりして寝ていた中尾と村内は慌ててシートベルトを外し、エンジンを止めた車から飛び降りる。

そこは関越トンネルを出て比較的すぐのところだった。オレンジ色の高速道路灯に照らされ、粉雪がそれを反射し、夜中だというのにやけに明るい。そうこうしているうちに、トレーラーの前にいたと思われる車が爆音をあげて炎上する。山内はひとり車に戻り、後続車のいないことを確認すると路肩に寄せ、できる限り車を後退させた。三人も足を滑らせつつそれに倣い、遠くへ避難する。花火のような、しかしそれよりも確実に禍々《まがまが》しい爆音が連続で聞こえ、中尾は段々と目の前が暗くなってゆくのを感じた。脚が震える。

「ど、どうしよう、これ通報しなきゃだよね？」

取り乱している後藤が言うより早く、村内が携帯電話を取り出していた。

「もっと遠くに行かないと、巻き込まれますよ、あれが引火して爆発したら俺ら確実に死ぬ、早く！」

自分たちよりもうしろにいた車も異変に気付き、ハザードを点滅させてだいぶ手前に停車を始めた。山内は今一度車に乗り込み、路肩にはみ出して停車した車の前、限度いっぱいまで車を後退させる。三人は走ってそれを追い、村内はその中でも冷静な声で警察とやりとりをしていた。

「トンネルは既に出ています。はい、そうですね、たぶん八百メートルほど、出口のすぐ付近です」

車から、山内が四人分のダウンジャケットを取り出して皆に手渡した。すぐ横に停まっていた車から若い男が降りてきて、山内に何があったのかを尋ねる。

「たぶん、追突した拍子に前の車に乗りあげたんでしょうね」

「マジかよー、勘弁してよ」

男の声にかぶさり、今までの数倍大きな爆音が聞こえた。最悪なことに村内の予想は当たり、炎はトレーラーに引火し、夜空に高くものすごい火柱がたった。爆風に煽《あお》られた四人は体勢を保てず、雪の上に倒れ込む。その上に容赦なく火の粉が飛んでくる。誰かのダウンジャケットに引火し、あたりは白い羽根だらけになった。吸い込まないように中尾は手のひらで口を覆って周りを見遣った。やはり異常に目の前が暗い。夜だからではない。夜中だとしても高速道路ならばそれなりに明るいはずだ。あちらこちらから悲鳴があがり、前方にいた人たちが瀕死の形相で走ってきた。

「中尾さん、毛布かして！」

村内が電話をポケットに仕舞い、中尾から毛布を取りあげる。そしてほかの三人を団子状にかき集めて上から毛布をかぶった。

「良かった、化織じゃなくて。らくだはそう簡単に燃えません」

「……冷静だね、村内さん」

「いや、山内さんこそ、取り乱さずにここまで車後退させたのは冷静な判断ですよ。少し遅れてたらここまでは下がれなかった」

「いやいや」

「いやいやいや」

男ふたりは冷静にそんなやりとりをしていたが、後藤も中尾も氷のように冷たくなった手を握り合ったまま、声すら出せなかった。

立て続けに爆音が聞こえてくる。たぶん前方で犠牲になった車があるのだろう。もし山内があのとき急ブレーキをかけられず、そして取り乱していたら、確実に自分たちが犠牲になっていた。それを考えると震えが止まらない。

「……中尾ちゃん、体調は平気？」

自分こそぜんぜん平気じゃないくせに、後藤は震えながらそんな言葉をかけてくれた。

「大丈夫、後藤ちゃんこそ、平気?」

「……平気じゃないかも」

「……うん、私も」

毛布の作った闇の中、村内が中尾の肩を抱く。薄っぺらい胸板も細い指も、いつもは美しいだけでものすごく頼りないのに、今は信じられないくらい頼もしかった。

やがて救急車とパトカーと消防車のサイレンが一緒くたになって聞こえてきた。後藤は毛布をかきあげ、折り重なって並ぶ車の隙間から向こうを見る。何十個もの赤い回転灯が火事のように空を照らしていた。

「これ、トンネル出てからで良かったね」

「そうだね、トンネルの中だったら大惨事になってた」

答えた山内の腕を掴んで時計を見ると午前四時だった。本当なら今頃はホテルに着いてロビーで仮眠を取っているはずだった。消防車の放水が始まり、前方では救助工作車が作業を始めている。白い制服、オレンジの制服が入り交じり方々へ声をかけていた。

最初は心臓が破裂するんじゃないかと思うほど速かった動悸も、今は収まっていた。

山内とふたりでその光景を見ていたら、背後で「ごめん」と小さな声と共に毛布から中尾が出てゆき、その直後に嘔吐《おうと》する声が聞こえた。

「中尾ちゃん⁉」

慌てて後藤は立ちあがるが、それよりも前に村内が駆け寄り、中尾の背中を抱きさすった。

「もしかして頭、打ちましたか」

中尾は弱々しく首を横に振り、こないで、のジェスチャーをする。村内はそれを無視し、中尾の額に手を当て眉を吊りあげた。

「後藤さん、悪いけど救急隊員呼んできてください、白い服の人です」

切迫した声に頷き、後藤は吹雪の中走り出した。遠巻きに惨状を見守る人垣を掻き分ける。爆発後の火事もすごいことになっていたが、それよりも放水ののち鎮火するときにのぼる黒煙がひどく、まともに目を開けられない。

「何やってんの、離れて！」

うろうろと白い服を探していたら、銀色に光る耐熱服を着た消防隊員に怒鳴られた。咄嗟にその男の腕を掴み、後藤は懇願する。

「違うんです、具合の悪い人がいて、助けてください」

男は後藤の言葉にすぐさま無線機を口に当てた。何やらやりとりをしたのち、救急隊員と思われる男がふたり、煙の向こうから駆けてくる。男の腕をひっぱり、後藤は自分たちのいたところに駆け戻った。

「判りますかー、お名前言えますかー」

村内と山内は中尾の身体を抱え、呼びかける救急隊員の声も聞こえない様子だった。それもそのはずだ。ぐんにゃりと男ふたりに抱えられた中尾は、意識を失っていた。後藤は悲鳴をあげる。

「中尾ちゃん、中尾ちゃん！」

取り乱す後藤の横で救急隊員のひとりが、もう片方に大声で命じた。

「メインストレッチャー持ってこい！」

よし！という声とともに、若い救急隊員は走り去ってゆく。残った男は中尾の身体に外傷のないことを確認したのち、事務的に質問を始めた。

「事故の際何かに衝突しましたか？」

「わ、判りません」

「この女性の既往症などはご存知ですか？」

「……知りません」

答えながら後藤は情けなくなる。こんなに一緒にいるのに、中尾が病気にかかったことがあるのかどうかも知らない。

「ムラッチ、知ってる？」

「すみません、知りません」

村内もうなだれたまま、青い顔をして中尾の顔を見ていた。名前は、年齢は、という簡単な質問に答えていたら、程なくしてストレッチャーがやってくる。救急車に一緒に乗り込むのは村内になった。

「病院、判ったら電話しますから」

そう言って中尾と村内は煙の向こうに消えていった。


目覚めたら見知らぬ天井が見えた。嗅覚が戻ってからは懐かしいような消毒液とアンモニアの入り混じったにおいがした。

「中尾さん？」

ぼんやりと霞《かす》む視界に、村内の顔が映り込む。腕が痛い、と思ったら点滴の針が刺さっていた。

「村内君……」

彼の腕時計を見ると、午後四時を回っていた。最後に時計を見たのは確か午前四時だった。十二時間経っている。

「私、倒れた？」

「はい。検査はしてもらったけど、別段病気や不正な出血はなかったそうです。たぶん過労と一時的な貧血だって」

「過労ー？」

そんな忙しく仕事した憶えもないのに。おぼろげな記憶を巻き戻していたら、えらいことを思い出した。咄嗟に意識もせずに起きあがったら、頭がクラクラして再びベッドの上に倒れ込んでしまった。

「大丈夫ですか」

「ちょっと、どうなったのあの事故、みんな無事なの？」

「無事です。残りのふたりは予定通りスキー場行きました」

「薄情な……」

「いや、俺が言ったんです、俺だけで大丈夫だからつって」

そう言って、村内は中尾の手を握ると深く長い溜息を漏らした。

「良かった……ほんとに、無事で」

スキー場へ向かったということは、車も無事だったのだろう。保険つきのレンタカーだったので燃えてもそれほど損害はないが、中に積んであった荷物が燃えなかったのが幸いだ、と変なところで中尾は安堵した。

「うん、なんか、心配かけてごめん」

いろいろとダメな感じだ、と中尾は安堵と共に情けなく思う。元はと言えば、村内との初エッチ（ていうのもどうかと思うけど、二十九歳で）という、ろくでもない目的の旅行だった。事故に遭うことが予見できないとはいえ、社会人七年目にもなって行動が浅はか過ぎる。

「なんか、いっつも私、肝心なところでダメなんだよね」

「そうですか？」

「だって、この旅行だって後藤ちゃんたち楽しみにしてたのに、私のせいで台無しになっちゃった感じだし」

溜息をついたら、村内が笑った。

「なんで笑うの、真剣に話してんのに」

「中尾さんと後藤さんって、似てるようで正反対ですよね」

「……そう?」

「中尾さんは、人のこと気にしすぎ。後藤さんは気にしなさすぎ。中尾さんの身体に別状ないって判ったあと、こっちは俺に任せてスキー場に行ってくださいって言ったら、ソッコー行きましたからねあの人」

いや、それは違う。中尾は否定しようとしたけれどその言葉を呑み込んだ。

後藤なりの、それが気の遣い方なのだ。中尾が目覚めたときに後藤が予定を変更してまで傍《そば》にいたら、たぶん中尾は自分のせいだと責任を感じてしまう。そういう性格を判っているからこそ、後藤はスキー場へ行ったのだ。

「俺は好きですけどね、そういうの」

「好きって、後藤ちゃんを?」

「違いますよ、中尾さんをです。だからあんまり無理しないでください。過労になるまで働かないでください」

「働いた憶えないんだけどなー」

「働いてますよ!」

いつになく強い村内の言葉にビビりつつ、中尾は今までの自分を思い返した。

入木田興業の事件のあと、中尾は社長になるための取っ掛かりとして、手始めに社内の昇進試験を受けた。今まで自分に縁のないものだと思っていたのだが、意外にも受かってしまった。そして今、それまで会社が弱かった外資クライアント獲得のための企画部署に転属になっている。水曜日のノー残業デー以外、一日の残業時間は約四時間。夜十時過ぎに会社を出て、レディースサウナに寄って帰る（その時間だと既に銭湯が閉まってる）。

「あー……」

やっと気付いた。確かに今までにないくらい働いてる。しかし自覚はなかった。若いころは四日間連続オール、そして毎日朝から働く、などの暴挙に出てもさしたる支障はなかった。

「年だー……」

「痛っ、い、いたたたた」

思わず後藤は叫ぶ。ホテルの玄関に向から屋外階段を上っていたら、突如腰に激痛が走った。

「え？　もしかして痛めた？」

眉を顰《ひそ》めて訊いてくる山内に、後藤はムキになって抗議する。

「そんなわけないじゃん！」

「だってさっきパイプで、ものすごく派手に転んでたでしょ。あれはヤバいよ、二年もブランクあるんだったらパイプなんて無謀なことしなきゃいいのに」

「ただ滑るだけならダンボールでも変わりないし、だったらアルペン使うよ」

ブーツのループを緩め、雪まみれになった帽子とグローブを取る。そして室内に入ってすぐポケットから携帯電話を取り出した。着信もメールもなかった。溜息をつき、再度電話をポケットに納めた。

「……中尾さんが心配？」

「そりゃね。でも、ムラッチが傍にいるし、心配したからって中尾ちゃんの状態が回復するわけじゃないし」

ボードとブーツを乾燥室に預けて部屋に戻り、部屋着に着替えたら、「ちょっと寝て」と山内に言われた。言われるまま後藤はベッドの上に仰向けになる。

「いや、うつ伏せで」

そう言う山内の手には大判の湿布があった。

「やめてよ、いらないよ、てかなんでそんなもん持ってんのよ」

慌てて起きあがったら、やっぱり腰に激痛が走る。

「……うー」

「ほらー、年なんだから」

「やかましい！」

後藤の抗議はあっけなく、というか力ずくで却下された。半ば無理やり山内は後藤の身体をうつ伏せに押し倒し、スウェットの裾を捲りあげ、音を立てて湿布を叩き付けた。

「冷たいー！」

暴れる後藤の背後に、山内は抱きついて身動きを取れなくする。あんな極寒の中にいたにも拘らず、山内の手足や頬には体温が既に戻っており、抱き付かれた後藤はその温かさに思わず身体中の力が抜けた。そして気付く。手指の先が小刻みに震えている。

「俺がこんなこと言うのもアレだけどさ」

首の後ろで山内が低く言った。

「なに？」

「無理しないほうが良いんじゃないの？」

「してないけど?」

答えた途端、手を摑まれた。人の手に摑まれると、震えているのがより顕著になる。雪山を滑り降りているとき、雪の上で跳んだりはねたりしているときは思い出さなかった。辺りは真っ白で、空は青かった。けれど今、ふと心を緩めると、十数時間前に見た恐ろしい炎と黒煙、そして耳をつんざく爆音が蘇る。何よりも、村内と山内の腕の中で真っ白な顔をして、呼びかけても何も答えない中尾の姿が一番怖かった。死んでしまったらどうしようと、本気で取り乱した。

「……してるかもなー、無理」

「でしょ?」

腰の痛いのを我慢して、後藤は山内の腕の中でもそもそと身体の向きを変えた。背中に手を回してぎゅっと力を込めると、山内も腰に負担がかからない程度の力で抱きしめ返してくれる。

「山内君さー、もし私が中尾ちゃんの立場だったらどうしてた?」

若干ドキドキしつつ、後藤は尋ねた。

「救急車一緒に乗って病院に残るよ」

「私がスキー場行けって言ったら?」

溢れた。

「それでも残るよ」

「どうして」

「後藤さんが好きだから」

ものすごく、自然に出てきた言葉だった。別に私たちそんな関係じゃないし。つい最近自分が言ったはずの言葉。それなのに、嬉しくもなんともないはずなのに、涙が溢れた。

一泊病院に泊まった翌日の上越は豪雪だった。

総合病院の玄関を出てすぐ、目を細め異国のような白い光景を見ながら、村内が言った。

「オシャマンベみたいだなー」

「何それ、ロシアの地名?」

「北海道ですよ、親戚んちがオシャマンベにあるんです。綺麗なところですよ」

中尾は村内とふたりでタクシーに乗り込み、グリーンプラザへ向かった。ホテルは二泊取ってある。携帯を取り出し、中尾は後藤の番号にかけた。コール音三回ののち、後藤の声が聞こえる。

「後藤ちゃん?」

「中尾ちゃん! 大丈夫!?」

「うん、今ホテルに向かってるよ。心配かけてごめんね」

判った、待ってる、と言って後藤はすぐに電話を切ってしまった。豪雪の真っ白な道をタクシーは進んでゆく。二十分くらいののち、ホテルに着いて車を降りると、玄関の車寄せで後藤が部屋着のまま身体を縮こまらせて待っていた。吹雪だというのにその姿には上着もなく、ものすごく寒そうだった。

「後藤ちゃん!」

「中尾ちゃん!」

ふたり同時に走り出し、雪の中でがっつりと抱擁を交わした。後藤の身体は冷え切っていた。おそらく電話を切ってすぐにここで待ち始めたのだろう。何よりもその顔はスッピンだった。

「良かったー、何事もなくて」

「ごめんね、ごめんね心配かけて」

雪も溶ける勢いで熱い友情を確かめ合っていたら、上から良い匂いのするダウンジャケットをかぶせられた。

「風邪ひきますよー、せめて屋根のあるところでどうぞ」

村内の言葉にふたりして頷き、腕を絡め合い階段を上る。

「ヤマッチは？」

「ゲレンデ行った」

「マジ⁉　この吹雪の中⁉」

「さっきリフト止まったって電話かかってきたから、そろそろ戻ってくるんじゃない？」

時刻はほぼ正午である。三人はとりあえず後藤たちの部屋に集まり、お互いの無事を喜び合った。そしてしばらくののち、気を利かせたのか村内は隣の部屋へ移動していった。

一日ぶりの煙草を吸って酩酊《めいてい》感を楽しんでいたら、後藤がもじもじと口を開いた。

「ねえ中尾ちゃん、私、山内君に好きって言われた」

ごふっ、と音を立てて煙が変なところに入った。そんな中尾を見て後藤は笑って言った。

「だから、言ってみれば私の勝ちね」

「ズルい、私は病院にいたんだから無理に決まってんでしょうが」

「良いじゃん病院、スリルあるじゃん、個室だったんでしょ？」

中尾は、どう見ても面白がっている後藤の言葉にむっつりと黙り込む。後藤は更につづけた。

「だからね、山内君に言った、私のこと好きなら正社員になれって」

「……えっ？」

驚いて後藤の顔を見つめる。なんという傲慢《ごうまん》な発言か、と思った。

しかしこの前の彼女の発言を思い出し、それだけの覚悟を自分の人生にも、恋人の人生にも同等に求めていることに対し、羨《うらや》ましくも感じた。恋愛が平等だというのなら、彼女の発言は正しい。仕事の辛さと娯楽の楽しさが等価ならば、恋愛の辛さと楽しさも平等であるべきだ。

「ヤマッチ、なんだって？」

「なるって」

「軽いな！　てか惚れられてるな後藤ちゃん！」

「当たり前じゃん、それだけ私も山内君のこと大切にしてるもん」

当たり前の発言だけど、恋愛するときってそれを忘れがちだ。相手を大切にすること。大切にされることばかりを考えていると、人はいろいろと見失う。

「……私も後藤ちゃんのこと大好きだよ」

「うん、私も中尾ちゃん大好き。だからふたりで必ず幸せになろう」

「後藤ちゃん……」

「ラッキーだと思おう。間近で事故は起きたけど、巻き込まれなかった。中尾ちゃんは入院したけど死ななかった。だからきっと私たちは大丈夫、これからも」

恋人同士のように、否、それ以上に温かく柔かな空気が流れかけたとき、ものすごい音がして扉が開き、山内が飛び込んできた。

「やっべー！　マジさみー！　死ぬー！」

咄嗟に後藤は机の上にあったティッシュケースを山内目掛けて投げつける。

「いってえ！　なに？」

「空気読んでから入ってきて！」

……山内君のこと、大切にしてんじゃなかったのか？

結局中尾は大事を取って一度もゲレンデに出なかった。後藤も腰痛が治らなかったため、二日目からはひたすら温泉に入ることに没頭した。若い男ふたりだけが、キャッキャ言いながら仲睦まじくゲレンデで遊んでいた。

日曜の朝、中尾は妙にツヤツヤした顔で食堂に現れた。ああ、おヤりになったのですね、と後藤は微笑ましい気持ちになった。

昼まで滑る、と男ふたりは朝食のあと、ゲレンデに出て行った。昨日一日でかなり仲良くなったらしく、いそいそと着替えて部屋を出てゆくふたりは長年の友達のように見えた。女の友情って正直よく判らないけれど、男の友情のほうがもっと複雑そうに見えて、意外と簡単なのかもしれない。

後藤は中尾とふたり、温泉に向かう。岩造りの露天風呂は外気が寒いせいか、もうもうと白い湯煙が立ちのぼり、少し離れるとお互いの姿が見えなくなる。客は後藤と中尾のふたりしかいなかった。並んで湯につかりながら、後藤は尋ねた。

「で、どうだった？」

「いやー、なんかもう久しぶりで。貫通！　って感じ？」

「そうじゃなくて、ヘンタイさんだった？」

「違った」

嬉しそうに、清々《すがすが》しい笑顔で中尾は答えた。後藤はちょっと意地悪な気持ちになり、言った。

「まあ、最初のうちはそういう趣味って隠すよね」

「なにそれ、ヤマッチは豹変《ひょうへん》したの⁉」

「教えないー」

「そっか、そうだよね、村内君ってオタクだから、もしかして変な服とか着てしてくれとか言われるようになるのかな、でも男物の服オタクだし……ってそれ男装？　どうしよう後藤ちゃん、ていうかヤマッチ音楽オタクじゃん、もしかして後藤ちゃん、音楽に合わせて腰振れとか言われるの？　ガバテクノだったらどうするの？　腰外れない？　ていうかそもそも気が散らない？」

中尾がひとり焦っている様子に、後藤はふきだした。

「そうねー、US3のカンタループとかがちょうど良いリズムかなー」

「懐かしい！　試してみよう」

「嘘だよ」

ばしゃんと音を立てて頭からお湯をかけられた。まともに目に入り、目を開けられない。中尾は声をあげて笑い、後藤から逃げようと立ちあがるが足をもつれさせ、お湯の中に倒れ込んだ。

「子供じゃないんだし……ていうか、まだ身体本調子じゃないんだから無理しちゃ……」

やっと目を開けられる状態になり、中尾の姿を見たらえらいことになっていた。転んだ拍子に額を岩にぶつけたのか、顔中血だらけになっている。入浴中の切り傷は、血管が弛緩《しかん》している上に、湯によって血の凝固が遅くなるため、小さな傷でも大惨事に見える。

「なんか視界が赤い」

「ばか！　おでこ割れてるよ！」

慌てて後藤は中尾の手を掴み、風呂から引きずり出す。中尾は額に手をあて、出血を確認したあと急にしょんぼりとうなだれた。

「ごめんねごめんね、後藤ちゃん、いつも迷惑かけて」

「大丈夫、これからはムラッチがいるから」

後藤は脱衣所に設置されている非常電話の受話器を取った。

☆

雪山旅行は最初から最後まで散々なありさまだったが、一組の男の友情を生み、一組の女の友情を更に深めた。

「来年はオシャマンベに行きましょう」

と三月終わりの東京、赤羽橋近くのファミレスで村内は言った。

「オシャマンベってどこ？　ロシア？」

と後藤は尋ねた。

「北海道だよ、後藤ちゃん知らないの？」

と得意げな顔をして中尾は言った。

「ていうか、オシャマンベにスキー場はないでしょ」

と山内はギョーザを頬張りながら抗議した。

「あるんです、オシャマンベ町営スキー場」

「だったらニセコ行こうぜー、雪質最高だし」

「イヤだよ！　あそこは寒すぎる！　涙も鼻水も凍るんだよ!?」

「後藤ちゃん、スキー場で泣いたの？　何があったの？」

「ていうか山内さん、あんた俺より年下ですよね、ずっと思ってたんですけど、なんでタメロなんですか」

「え、そうなの!?　タメじゃなかったの!?　若くね!?」

自分たちより若い男ふたりが言い争っているのをよそに、女ふたりは同時に溜息をついた。

来年、オシャマンベもしくはニセコに行くころ、後藤と中尾は三十歳になっている。三十歳という年齢と、それに伴う一年先に、何があるかは判らない。けれど、きっともっとイカした大人に近付いているはずだ。それだけは判る。

店の外では、街路樹の桜が堅い蕾《つぼみ》をほころばせていた。

両国☆ポリネシアン

どうもこんにちは。まさかのパティです。後藤さんの職場の後輩です。詳しくは第一話「憧憬☆カトマンズ」を読んでね。パリに留学してー、パティシエになりたいんですよー、って話をしたらその日からパティと呼ばれるようになってしまいましたが私の名前は松田《まつだ》リカです。あるんだよそういうアイドルと人形併《あわ》せたみたいな超可愛い本名が。でもう職場では誰も松田さんて呼んでくれないんだよ。

良いんだけどね、パティ。可愛いし。

パティシエになりたいからパティ。この世で一番有名なパティはペパーミント。女の子のあだ名にしては最高じゃない？　可愛くって、守ってあげたいちょっと生意気な女の子って感じじゃない？

公表プロフィールだと、趣味はお菓子作りとショッピングとジェルネイルとか言ってます。毎日髪の毛巻いてるし、お洋服は全部レッセパッセ。可愛いでしょ？　玉木宏超かっこいいよねー、あたし嫁になりたーいとか言ってます。

でもね、ほんとは私、別にパティシエとか目指してねーから。「スイーツって言葉はアメリカでは駄菓子のことを指すのよ。だから今女性誌で話題の『お取り寄せスイーツ』って言葉はちゃんちゃらおかしいわ」ってうすっぺらい知ったかする女、バカだと思うから。どうでも良いだろ、甘いもんなら全部スイーツで。ここは日本だっツーの。だったらてめーはアメリカの熱帯魚みたいなロイヤルブルーのケーキとか食っとけよ。で、モンスターズインクの青いバケモンみたいになっとけよ。そうしたらちょっといとしいと思う。

どうもこんにちはパティです。外資セキュリティベンダーのシマカンドのサポートデスクで働いています。玉木宏とかオダジョーとか、どっちがどっちなのか未だに区別がつきません。

別にパティシエにはなりたくありませんし、自分探しとか興味ありませんし、自分磨くならまず目の前にある仕事の技を磨けと思ってる二十六歳です。実家は鯛焼き屋です。

だいたい年がら年中甘いもんに囲まれて育ってたら、甘いもん見ただけで吐き気催すようになると思う。ていうかほんと餡《あん》こだけは勘弁してほしい。

でも、世の中の男は「甘いもの大好きー」ってケーキだのパフェだの和スイーツだのをむしゃむしゃと喰らう女が好きなもんである。

高校〜短大時代、学費を自分で払っていたため極貧だった私は、顔だけはかなり可愛かったため、よく年上の男の人にご飯を食べさせてもらっていた。彼らは食後のデザートワゴンがくると、嬉しそうに「どれでも食べて良いよ」と言う。いらない、と断るととても悲しそうな顔をするので、ご馳走してもらっている立場上、食べないわけにはいかない。嬉しそうな顔をして、「じゃあーイチゴのナントカとショコラのナントカとラフランスのナントカとー」とか言い始めると喜ぶ。そのあとは地獄だった。こんもりと皿に盛られたデザートを機械的に胃の中に押し込んで、「おいしいー」ってニコニコしなければならない。毎日毎日鉄板の上で焼かれてイヤんなっちゃってるほうがまだマシだ。

そもそも私と私の実家が貧乏だったのがすべての元凶なのだけれど、これのおかげで私はますます甘いものが嫌いになった。

でも、世の中には本物のスイーツ好きたちがいるものだ。それこそ、甘けりゃなんでも良いという類の。

「リカちゃーん」

土日、小遣い稼ぎに店番（売り上げの四割をもらえる）をしていたら、外から名前を呼ばれた。

「はいよー」

テレビを消し、いそいそと焼き台越しに外を見ると、近所の加奈《かな》ちゃんがニコニコしながら待っていた。外は既に夕暮れ、バイト帰りだろう。

「カスタードと胡麻《ごま》餡、みっつずつちょうだいな」

加奈ちゃんは昔この土地に引っ越してきた余所《よそ》者のお嬢さんだが、人懐こく、更に丸っこい体形が非常に可愛らしく、近所の皆から可愛がられていた。同じ町内だし同じ短大なので私も妹のように可愛がっていた。その娘ももう二十歳を過ぎ、そろそろ就職だ。

「全部自分で食べるの？」

「うん」

「またマサにデブって罵《のの》られるよ」

「良いの、おにいちゃん結婚するんだもん。あんな人知らない」

「マジで!?」

餡こを落としていた手が止まった。加奈ちゃんの兄である木崎正行《きざきまさゆき》は私の同級生で、私の好みではないがそこそこかっこ良く、加奈ちゃんは昔から重度のブラコンである。

「リカちゃん、知らなかった？」

「知らなかったー。そりゃー、同級生の女たちが大勢泣くね」

「泣けば良いよ、あたしの何倍も。ていうかリカちゃんはどうなのよ。土日にこんなところで鯛焼き売ってる場合じゃないでしょうが」

そうなのだ。すべては生まれついた実家がいけない。

ここは東京の下町のしょぼい商店街で、近所は皆顔見知りというディープで狭い地域である。子供は皆同じ小学校と中学校に通い、高校はバラバラになるものの、女子はだいたいここから一番近い同じ短大に行くから入学式で再会する。ときどき何を間違えたのか山の手のお嬢さんが入学してきたりする。一度友達になった山の手のお嬢さんのおうちに招かれて、私は度肝を抜かれた。おやつが西洋菓子、飲み物はお紅茶だったのだ。ここらへんだと、おやつはもんじゃで飲み物はファンタかコーラだ。誇張ではなくこれは事実である。

下町の女は下町の男にしかモテない。もっと上のレベルにいる男をゲットしようとしたら、女は下町根性を隠さなければならないのだ。

「リカちゃんモテるんだし、会社に良い男いないの？　なんか横文字の外国の会社に勤めてるんでしょ？」

加奈ちゃんは目をキラキラさせながら訊いてきた。

「あー、だめだめ。ＩＴ業界の男なんてみんな妖怪みたいだもん。イケメンはみんな既婚だし、私派遣だし」

答えながら悲しくなってきたが、加奈ちゃんはお話しする気全開で、外のベンチに腰掛けた。

「あたしもそろそろ就職決めなきゃいけないんだけど、ないんだよねー」

「求人倍率また下がってるらしいね」

「うん。おにいちゃんの会社で事務で雇ってもらえないかなあ」

「葬儀屋？　やめときなよ。それこそ出会いなんかなくなるよ」

不景気な話をしながら六つ全部焼き上げたところで、その場の温度が二度くらいあがった。ふと顔をあげると、外にやたらと体積の大きなモノが立っていた。横で加奈ちゃんは大きな目を丸くしてそれを見ている。

逆光でよく見えなかったが、ものすごく太った、ものすごく背の高い、何故か浴衣《ゆかた》を着た男の人だった。しかも外国人だ。

「い、いらっしゃいませー」

私がお愛想で笑顔を向けると、彼も浅黒い顔をくしゃくしゃにし、たどたどしい日本語で言った。

「パイナポーアン、コ、ジュッコ」

その注文に、私も加奈ちゃんも二秒（注文内容を理解するまでの時間）ののち更に目を丸くした。私よりも早く加奈ちゃんが立ちあがり、言う。

「ちょっとにーさん、パイナップルはやめたほうが良いよ、この店で一番マズいんだよ、悪いこと言わないからカスタードか明太サルサにしときなって」

「加奈ちゃん、余計な営業妨害はやめて。十個ですね、ちょっと待ってくださいねー」

急いで種を流し込み、パイナップル餡の瓶を開ける。ほとんど出ないのでいつもなら少ししか入っていないはずなのに、予言するかのようにたんまりと在庫があった。

パイナップル餡は、漉《こ》し白餡に缶詰のパイナップルを細かくちぎって練り込んだものだ。マジありえねえと思っていた。こういう変なメニュー作ってるからいつまで経っても貧乏なんだよこの店は。ほかにも変な餡こがうちにはたくさんある。カトルフロマージュにインスパイアされたのか、カトルビーンペースト（ノーマル餡、白餡、うぐいす餡、みそ餡のコラボ。ありえない色してる）とか。あとは明太サルサや、のりたマヨネーズなど、おかず系も充実している。

でかい浴衣の男は焼きあがった鯛焼きを一匹一口で食べ終え、嬉しそうに「ゴッツァンデッシュ」と言ってのしのしと店を離れていった。

「……力士だよ、今の力士だよリカちゃん！」

姿が見えなくなったあと、五匹目の鯛焼きを頬張りながら加奈ちゃんは興奮した様子で言った。

「えー、でも髪の毛アフロみたいだったよ」

「まだ髷《まげ》が結えないんだよ、きっと幕下の外国人力士だって！　すげー、でけー。力士の実物初めて見た」

きっと加奈ちゃんちの夕飯の話題はあの力士だろう。私も束の間の非日常にちょっと興奮した。

そしてうちの夕飯。デートから帰ってきた両親と食卓を囲み、私が力士の話をしたら父親は軽く答えた。

「あー、おめえ知らなかったか。先週一度きたんだよ。パイナップルえれえ気に入ったらしくてさ、またくるだろうなと思って、作っといたんだ」

「そういうことは出かける前に言っといてくんない？　ぜんっぜん売れてない店でいきなり十個だよ？　こっちだって覚悟があるっつうの」

「おめえが店継がねえとかとろくせえこと言ってるから覚悟がねえんだろうが、どうせ真面目に作りもしねえくせによ」

「当たり前でしょうが、私は甘いものが嫌いなの」

「甘ったれたこと言ってんじゃねえこのバカ娘！　チャラチャラ横文字の会社なんかに勤めやがって、それでも俺の娘か！」

「そっちこそ娘に甘ったれてんじゃねえこのクソオヤジ！　店継がせてえならもうひとりくらい子供作れってんだ、娘ひとりしか作れねえくせに偉そうにすんなこのインポ！」

ありがたいことに食卓はちゃぶ台ではない。母親は喧騒そっちのけでテレビに映る韓国人俳優にデレデレと顔を崩していた。そうか、オヤジの不機嫌の原因はこっちか。

「パティお昼行こう」

十二時きっかりにインカムを外し、後藤さんが声をかけてきた。私も打っていた回答メールを中断し、画面をロックして席を立つ。

「珍しい、山内君とじゃないんですか」

無意識に尋ねたあと、先週の金曜から山内君は海外研修だったことを思い出す。

「うん。今日は普通にパスタと紅茶のシフォンケーキ食べたいの。山内君いないし、どっちにしろあの人とだとラーメンとかガッツリ系になるから」

「あー、男子ですものねえ」

「パティはパスタとかそういう女の子っぽいの好きでしょ」

誤解だ。私の好物は豚の生姜焼きとレバニラ炒めだ。しかし長年積み上げてきた（と言ってもまだこの職場は一年半だけど）正しい女の子のイメージを壊すつもりもないので、私はにっこり笑って頷いた。

オフィスはビルの三十階にある。昼時のエレベーターはビルに入っているさまざまな会社の人たちが相乗りする。皆小綺麗な格好をして、首からはIDカードホルダーを下げ、静かな声で仕事の話や世間話をしている。笑い声さえ上品に聞こえる。前日のオヤジとの喧嘩がまるで異次元のように思えた。

「朝のヌッサン自動車様の問い合わせ、たぶん長丁場になると思うから手に負えなくなったら開発にエスカレーションして。それから未解決のお問い合わせは二週間経ったら再度確認したうえで解決できてたら必ず閉じて。パティのぶん、五件くらい閉じ忘れてるよ」

エレベーターを降りたあと、後藤さんは早口で言った。さまざまな会社の人間が混在するエレベーターの中では社内の情報を決して喋ってはならない、という決まりをきちんと守っていて、私は返事をするよりも前に感心した。

「判った？」

「あ、はい、すみません」

後藤さんは別に怒っているわけではなく、仕事に真面目なだけだ。上司に対しても後輩に対しても無駄な媚《こび》がない。噂では社員になれと上層部に言われつづけているのに断っているらしい。私だったらすぐになるのに。

デザートにシフォンケーキしか選択肢のない不自由なパスタ屋で後藤さんは芝エビのジェノベーゼ、私はモツァレラとトマトのスパゲティを頼む。後藤さんは煙草に火をつけたあと、言った。

「パティ、私来月あたり異動になるわ」

「え？」

「プレミアムサポート担当になれって言われた。たぶん今のチーム、次のサブリーダーはパティになるよ」

「えー、後藤さん派遣なのに？　ていうか私まだ働き始めて一年半しか経ってないんですけど」

「でも一番件数こなしてるし、クレームも少ないから」

パスタが運ばれてきても、私はしばらく口をつけられなかった。

普通のサポートは製品を買うと付いてくる。プレミアムサポートはその名のとおり、上乗せ料金を支払った顧客のみが使用できる専用回線があり、更に上乗せしてプラチナサポート契約をすると、シマカンド担当者の携帯電話番号が与えられ、二十四時間サポートが可能になる。オンサイトもあるため、こっちの契約は相当優秀な人でないと担当させてもらえない。そのぶん給料も上がる。普通は社員だけしか担当しない業務だ。

「……すごいなあ、後藤さん」

「だって私、もう六年だよ。同じ業務六年もやってりゃ普通は昇進もするよ」

「私は、なんか人生ふらふらと迷いっぱなしですよ」

「いつか辞めてパティシエになるんでしょ。ここ時給だけは良いから、頑張って早く貯めてフランス行きなよ」

一番なりたくない職業です、パティシエ。フランスとか興味もないです。

という答えを呑み込み、私は渋々頷いた。


その日は定時であがった。定時だというのに疲れ切った身体で電車に乗り、茫漠《ぼうばく》と将来を考える。後藤さんはきっと、イヤダイヤダと言いつつも社員になるだろう。コンピュータ技術が発展しつづける限り、セキュリティベンダーは潰れない。不況にもそれほど縁がない業界だ。派遣切りが話題になったときもこの会社はそんな話が欠片《かけら》も出なかった。むしろ人を雇い入れた。派遣を社員にするくらいお安い御用だろう。

私は何をやりたいんだろうか。仕事はキツいが時給が高いから辞められない。逆に言えば時給が高いので、キツくても耐えられる。でも、決して「やりたい仕事」じゃない。

私の年齢でやりたい仕事ができてる人って、どれくらいいるんだろう。

電車を降り、家までの長い道のりをぼんやりと歩いていたら、突如目の前が真っ白になり心臓が止まるかと思うほどのクラクションが聞こえた。

「オーマイガーーッ!」

私が言ったんじゃない。野太い雄叫びが聞こえたあと、私の身体は何か柔かくて硬いものに跳ね飛ばされ、その柔かくて硬いものに抱き留められていた。

あ、これ交通事故だ。

私、轢《ひ》かれそうになったんだ。

そう気付くまでは何秒もかからなかった。止まった車から降りてきた男は私と私を守ったものに何か酷い罵声《ばせい》を浴びせている。ていうか、悪いのそっちじゃん、この道超狭くて歩道ないの見れば判るじゃん。そう言い返したかったけど、交通事故の恐怖は私の声帯を凝固させていた。代わりに私を守ってくれた人がのろのろと立ちあがり、その男の前に立ちはだかる。

……デケエ。

ていうか、この人、この前の力士だ。その証拠に私の腹には潰れた鯛焼きから大量のパイナップル餡が飛び散っていた。

力士は何か判らない言葉で男に罵声を浴びせた。ファックとかシットとかサノバビッチとか言ってるので、たぶん罵声だ。男は力士を見て怖気《おじけ》づいたか、舌打ちして車の中に戻る。

「アユオケ？　キャユスタンダッ？　ニートゥーゴーハスピトゥ？」

車が走り去ったあと、力士は道の端に座り込んだままの私に尋ねた。

「い、イエス、メイビー。ノーハスピトゥ」

膝がガクガクしていたが、なんとか立ちあがれた。外傷は、力士のおかげでひとつもなかった。代わりに力士の浴衣が地面に擦れて尻のところが破けていた。

「テンキューミスター、ええと、ワッチュアネーム?」

私がたどたどしい英語で尋ねると、力士は前に見せたのと同じように顔をくしゃくしゃにし、「ナンゴク」と答えた。

「……ナンゴク?」

「イヤップ、アイマスモウレスラー、ナンゴクイザシコーナ」

はい、私は相撲取りでナンゴクは四股名《しこな》です。という意味だろう。私が何を喋って良いのか判らないでいたら、力士は言った。

「バショ、ミニキテ、ネ」

「はい、行きます」

「ワット?」

「イエス、アイルゴートゥースィーユー」

私が答えると、力士は嬉しそうにウインクし、のしのしとその場を去っていった。

尻、浴衣破けて尻が丸見えだよにーさん。でもその事実を伝える英語が判らず、私は黙ってむき出しになった尻を見送った。

その晩、私は「ナンゴク　力士」を検索した。正しい四股名は「南国」で読み方は「みなみくに」だった。あだ名がナンゴクなんだそうだ。相撲界初のサイパン出身の力士で七年前に来日、順調に序ノ口、序二段、三段目を経て現在は幕下らしい。大相撲中継で十両より下の取組はあまり見ないので知らなかった。ていうか四股名、まんますぎやしねえか。もう少し捻《ひね》ってやれよ。

翌日は何故か身体中が痛かった。母親曰《いわ》く、一瞬の緊張状態で筋肉が硬直し、そのせいで筋肉痛になったのだろうとのことだ。しかし念のため会社を休み、病院に行った。先生に診てもらい、どこも異常がないことを確認し、やっとほっとした。

帰りにうちの通りと同じ筋にある古い呉服屋に寄る。この通りでは一番間口の大きな店で、子供たちは皆この店で七五三の着物を作る。

「あれ、リカちゃん見合いでもすんの？」

何度も言うがこの界隈はほぼ全員が顔見知りである。そんな噂を流されちゃたまったもんじゃない。私は店主のおばさんに慌てて首を振った。

「違う、浴衣ほしいの」

「浴衣なら松田聖子のあるよ、ちょっと高いけど超可愛いよ」

「違うってば、私のじゃなくて、お相撲さんの」

「お相撲さんー？　タニマチにでもなるのあんた？」

「違うってば」

私は昨日の出来事を説明した。交通事故に遭ってお相撲さんが助けてくれて、けれどそのお相撲さんの浴衣が破けてしまったこと。

「大変だったじゃないの、怪我は？　大丈夫？」

「うん、さっき病院行って検査してきた。大丈夫だった」

いやあねえ。駅前からこっちの道細いもんねえ。ガードレール付けてもらわなきゃいけないわねえ。だいたい区はなんにもしてくれないのよ。こないだの区長選の公約だって何ひとつ守ってくれてないじゃないのねえ。おばさんは顔を顰《しか》めて長々と文句を言う。放っておいたら一時間くらいひとりで喋ってそうなので私は言葉を遮《さえぎ》り、尋ねた。

「で、お相撲さんの浴衣なんだけど、どんくらいかかる？」

「あー、そういうのうちには置いてないから、仕立てなきゃなんないけどそれで良い？」

浴衣の生地は結構高い。見積もられた金額でちょっと萎《な》えたが、命を助けてくれた人なのだから、お金を惜しむのもおかしい。私はその場にあった生地の中で一番南国っぽい柄を選び、それで仕立ててくれるようお願いした。

小さいころからお姫様になりたかった。私はきっと拾われた子で、いつか本当のダンディなお父様とゴージャスなお母様が迎えに来てくれるのだと、中学二年くらいになるまで本気で信じていた。一番好きな本は『小公女』だ。赤毛の餡、いや、アンとかピッピとか、子供の目から見てもガサツな女の子の話に興味はなかった。

しかし生活環境というのはその人の人生に大きく影響する。ガサツな父母のもとに育ったら、どんな娘だっていつしかガサツになるものなのだ。いくら「私はセーラ」と思って生活していても、むしろセーラの与えられた屋根裏よりもおそらくは狭い部屋で暮らしていても、白い猿を抱いたインド人は現れてくれない。地元から出られないので根っこはどこまでもこのしょぼい町に深く長く広がってゆく。

小説や漫画なんかだと、下町はことさら人情にあつく温かい雰囲気に描かれがちで、こういう小さい店の跡取りに生まれた息子さんは総じて、中学や高校で親に反抗し「こんな店継げるかよバーカ」とか親不孝なことを言い、ギターをかき鳴らしながらインドを放浪したりするものだ。娘さんなら、「あたし女優になるの！」とか言って東京（ここも東京だけど、ここでは渋谷や六本木あたりのことをさす）で悪い仲間に騙されたりして大人になり、結局息子さんも娘さんも、夢破れたり「やっぱり実家が一番だ」みたいに思いなおしたりして最終的には実家を継ぐ。

なんだそれ！　下町にヘタな夢を抱くなよ！

ていうか、漫画家や小説家なら、下町生まれにも夢を見させておくれよ！

NHKの朝ドラなんか、昭和ものから現代劇に移行し始めてから、だいたいがこんな展開だ。それは本当のハッピーエンドなの？　下町に生まれて下町に育った人は下町から出ちゃいけないって？

お姫様になりたかった私は、今日も都会に働きに出て、困った人を助ける。

サーバにメールが滞留してしまう。CPU使用率が一〇〇％に張りついたまま下がらない。パッチのあてかたが判らない。サービスパックを適用しようにもサーバの再起動が難しい。お客様都合でSLAにひっかかる。

今までの問い合わせログから最適なものを検索し、前例があればそれをお話しする。前例がなければ調べるためにログやら設定ファイルを送ってもらう。お姫様というよりも下僕の仕事である。

その日も後藤さんがお昼に誘ってきた。お昼ご飯はまたパスタだ。

「後藤さんってどこ出身でしたっけ?」

私は明太パスタが運ばれてきたあと、ふと思い尋ねた。

「鹿児島」

「えー! 良いじゃないですかラーメン美味しいし、なんで東京出てきたんですか」

「お父さんに言われて。とりあえず都会を知っとけ、みたいな感じで。でもさー、大学ユーラシア大学だよ? 鹿児島より田舎にキャンパスあるんだよ、意味ないよ」

加えて私は驚く。ユー大は東京を代表するバカ大学だ。金さえ払えばどんなバカでも入学できる。

「……学歴と仕事の能力って、比例しないんですねえ」

「何それ、バカにしてんの?」

「いやいや、褒めてるんですよー」

今まで六年近く社会人をやってきて、判ったことがある。勉強をする努力のできる人は仕事をする努力も総じてできる。従って企業において高学歴の男女を新卒採用するのは、会社の将来のことを考えれば正しい選択である。

しかしながら例外がある。難しいプログラムが組めたり、サーバ障害を二秒で解析できたりする彼らにできない仕事がひとつだけある。自分の責任とは関係のないところで他人に謝罪することだ。

シマカンドはものすごい高学歴を新卒採用する。私が就職活動をしてたころ、この会社は既に早慶以上のレベルの大学院卒しか採用していなかった。学卒はそれだけで不採用。エントリフォームが英語のため、英語の読み書きができない人は応募すらできなかった。

コンピュータに詳しくなればとりあえず食いっぱぐれはないだろう、という漠然とした未来予想図から、コンピュータ関連の名の知れた企業を片っ端から調べていた短大一年の夏、私は新卒採用レースから早々に外れた。そして派遣として六年間仕事して、今は何故かあのとき私をしょっぱなから篩い落としたシマカンドに派遣されている。

仕事や自分に対するプライドがない人ほど、簡単に謝罪できる。サポートセンターはそういう理由で、私や後藤さんのような低学歴のオンパレードである。簡単に謝罪はできる。しかし弊害として、そういう人たちはえてして努力が嫌いなので（だから良い大学に入れない）、仕事が覚えられない。派遣採用してもどんどん辞めていく。

私が入ったあとも何人もの派遣が辞めていった。

後藤さんは新規に派遣されてくる子たちのあいだでは、密かに「仙人」と呼ばれていた。電話してきたお客様に、絶対に感情を露《あらわ》にしない。向こうが怒っているな、という気配を察すると、イチもニもなくまず謝罪する。長い問い合わせのとき、席で複雑なヨガのポーズを取りながらも声が乱れることは絶対にない。

多くの派遣が辞めてしまうのは、実は後藤さんにも一端がある。

後藤さんは知識量、応対態度、メールの返答すべてが完璧に見えた。それゆえに、新規の子たちは「私はあんなふうにはなれない」と怖気づく。また、注意するときや仕事を振るときの言葉が足りないというか簡潔なので、怒られていると勘違いして泣いてしまう子もいる。私も二度ほど泣かされたが、この人はこういう人なんだ、とわりと早い段階で気付くことができたため、今に至る。

「でも、そうだよね。学歴と仕事は比例しないと思う。私の友達、派遣会社で営業やってるんだけど、東大卒のニートが親に引きずられて登録にきたりしてるらしいよ」

「マージですかー？」

「頭良い人と違って、余計な期待を背負わなくて良いぶん、低学歴って気楽だよね」

持たない。


「そうですねー」

私がボーッとしてるあいだに、後藤さんは既にパスタを半分食べ終えていた。私も急いでフォークにピンク色のパスタを巻きつける。きちんと食べておかないと夜まで持たない。


一週間後、浴衣ができたと電話連絡がきた。ちょうどその日は会社を定時にあがれたので、帰りがてら呉服屋に取りに行った。

「広げてみる?」

渋い紬《つむぎ》の上に割烹着《かっぽうぎ》をつけたおばさんはできあがった浴衣を手にウキウキしながら尋ねる。私が頷くと即座に、畳の上でそれをバサリと音を立てて広げた。

「でかっ!」

「ねー。あたしもこんなの初めて作ったからワクワクしちゃった。リカちゃん、きちんと渡してよ」

「それなんだけどさ、おばさん。相撲部屋って普通に行って力士に会わせてくれるもんなの?」

一応父母にも訊いてみたが、惰性でついてるテレビで幕内の取組を見ている程度の彼らは、力士とのアクセス方法を知らなかった。しかも南国はあの交通事故を最後に店にきていないらしい。父は娘の容態よりも、作ってしまった大量のパイナップル餡のゆくえをまず案じていた。

「行っても大丈夫だと思うよ。それか、五月場所がもうすぐ始まるから、そこに持ってっても良いんじゃない？」

「五月場所って両国？」

「そうだよ」

——バショ、ミニキテ、ネ。

たどたどしい日本語が蘇る。行ったこともない相撲部屋をひとりで訪ねるよりも、素直にチケットを取って両国に行ったほうが良いような気がした。

「行ってくるかー、両国」

「行ってらっしゃいよ、確か毎年町内会でマス席ひとつ押さえてたはずだから、松岡《まつおか》さんに聞いてみれば？」

松岡さんは町内会長のご老人である。おばさんの言葉に私は首を横に振った。

「めんどくさそうだからひとりで行く」

「そう？　席、高いわよ？」

それでも誰かと一緒に行くよりはマシだ。

箱に入れられた浴衣を手に家へ帰る。店を確認するとやはりパイナップル餡はぜんぜん減っていなかった。あのときは平気に見えたけど、もしかして怪我をしてしまったのだろうか。

ともかく、ネットで月曜のチケットを予約し、私は浴衣の入った箱を見つめた。


まさか自分の人生で相撲を観に行く日がくるとは思わなかった。二十五を過ぎた女のための雑誌は、「女磨き」と称して歌舞伎鑑賞だの能鑑賞だのを勧める。だいたい私とは住む世界の違う女が、祖母、母親と共にはんなりした着物姿でグラビアに出ており、「親子三代での歌舞伎鑑賞は特別な楽しみ」とか言ってる。横の細いスペースにはご贔屓《ひいき》の役者さんに贈るための老舗《しにせ》の和菓子だの扇子だの風呂敷だの。そういうのを見るたびに、高校のときの芸術鑑賞（歌舞伎）でしょっぱなから爆睡した私はモヤモヤした思いを抱えていた。

何が楽しいのかサッパリ判らん。

しかしながら私には趣味がなかったので、ある意味そういう女たちを羨ましくも思っていた。本当に「歌舞伎鑑賞」が女磨きのための趣味なのかどうかは知らないけど、そう言い切れてしまう潔さに憧れていた。

相撲も歌舞伎も日本の伝統芸能だ。相撲なんて国技だし。だったら私にももしかしたら趣味ができるかもしれない。何かに熱中できるかもしれない。

そんな邪《よこしま》な理由から相撲を観に行った私は、幕下前半戦の二、三組の取組が終わったあと、これは神様が私を嵌《は》めたのだとしか思えなくなった。

……何これチョー楽しい。

正直、家を出て国技館に着くまでの十五分ほどの道のりは、めんどくさいとしか思えなかった。これのために派遣社員にとっては貴重な有休まで取ったのだ。

しかし、二階席だったにも拘らず、力士の取り組む姿はその体積のでかさから近くに思え、肉と肉のぶつかり合うバチンバチンという音も聞こえてきて、何よりも力士はかっこ良かった。ただのデブだと思っていたのに、彼らの腿や背中は普通の人にとっては冗談としか思えない分厚い筋肉が盛り上がり、その筋肉が躍動しながら相手を倒してゆく。取組の間、私は即行オペラグラスを買いに行った。

正面と呼ばれる側からオペラグラス越しに周りを見渡すと、幕下の取組は寂しくなるほどお客さんがいなかった。マス席も入りは二割くらい、二階の椅子席なんて私しかいないような状態だ。それでも熱心な相撲ファンだと思われる人たちから、力士を応援する声がときどき飛ぶ。

幾つかの取組ののち、ナンゴクの姿が右手（西方《にしがた》というらしい）の通路に見えた。アフロに近い地毛を窮屈そうなちょんまげに結い、渋い色の廻《まわ》しを締め、あのときからは想像もできないような真剣な面持ちでのしのしと歩いてくる。

やがて生命保険会社のハッピを着た、呼び出しというらしい男が、「ミナミクニー」の名前を呼び、ナンゴクが土俵にあがった。東方《ひがしがた》の力士はまだ痩せており、体格の違いが痛々しい。土俵にあがったのち、塩を撒いたり顔を拭いたり三分ほどのそのそと動いたあと、彼らは向かい合った。腰を落とす。そして、こちらまでその痛さが伝わってきそうなほどの勢いで、ぶつかり合った。

「ながっとー！　ながながとー！」

なんて言ってるのかよく判らない行司の掛け声の中、ナンゴクと東方の力士は廻しを取ろうと暴れる。東方の力士は体積が南国の半分くらいしかないのに、悲痛な顔をして結構粘っていた。やがてナンゴクが上手《うわて》から廻しを摑み、身動き取れない東方の力士をひょい、と持ちあげる。そしてのしのしと土俵を歩き、丸い俵の外に置いた。

「やったっ！」

私は小さく叫び手を叩くが、いつの間にやら隣にいたおじいさんが、「ありゃーダメだ、南国はまだまだだ」と大声で言った。

ていうか、二階席ガラガラなのに、なんでよりによって私の横に座るのだ。

「なんでよ、どこがダメなの」

私はおじいさんを睨《にら》みつけ、訊いた。

「ぜんぜん腰が落ちてねえ。小兵《こひょう》なら寄り切れるが、あんこ型の力士だったら勝ち目はねえだろ。ところでお嬢さん、このあと一緒に食事でも」

「ことわる」

こんなところでナンパかよ。ていうかこんなとこにも餡こかよ。

教科書（人生の教科書でいえば『小公女』）以外の本を、漫画ですらほとんど読まない私が、国技館の帰りに本屋に寄り、『どすこい☆三四郎』（全二十三巻）を纏《まと》めて買った。十年以上前に少年誌で連載されていたらしい漫画である。表紙の絵が力士だったので思わず手に取った。帰り道は腕が抜けるかと思った。

翌日、昼休みにコンビニ弁当を食べながら自席で漫画を読んでいたら、「それ私も読んだー」と言って後藤さんがうしろから覗き込んできた。しまった、と私はキモを冷やす。私は可愛い女の子キャラだった。相撲漫画なんか読んでたら化けの皮がはがれる。案の定後藤さんは本と私を交互に見て言った。

「なんか意外、パティそういうの読むんだ」

「やだー、友達に借りたんですよー」

慌てて本を閉じ、微笑む。

「良い趣味してんじゃん友達。私も最初友達に借りて自分でも買ったよ」

「お相撲、好きなんですか？」

「いやぜんぜん」

この人の趣味こそ判らない。私が読んでいたのは二巻なので、後藤さんはネタバレを控えそれ以上絡んでこなかった。良かった。

『どすこい☆三四郎』は、杉田三四郎の父、新聞記者の杉田与五郎が不審な死を遂げるところから話が始まる。三四郎はそのときまだ八歳。どう考えても事件性のある死に方なのに、父の死は自然死として片付けられた。やがて三四郎は中学生になり、長いこと病床にいた母を亡くす。そして真実を知ることになる。母の葬儀に父の元友人という男が訪ねてきて、告げるのだ。与五郎を殺したのは当時の横綱、隼《はやぶさ》の異名を持つ松拳楼《マッケンロー》であると。しかし大相撲協会は大人気の横綱が起こした不祥事を隠蔽《いんぺい》するため、口封じを行ったのだと。三四郎は事実を知り、泣きながら隼のマッケンローへの復讐を誓うのである。父の元友人という男は、その後消息を絶った。もしかして父と同じように消されたのかもしれない。そして天涯孤独の三四郎は十四になった春、杉田の苗字を隠し、家から遠く離れた小さな相撲部屋に入門する。

天国の父ちゃん、見ててくれよ。俺が必ず父ちゃんの敵《かたき》を取る！　あの土俵で！

――三四郎はいつ土俵にあがることができるのか!?　怒濤の三巻に続く!!

……えー。

ハートウォーミングでほのぼのした題名なのに（☆とか付いてるし）、なんだこのギャップ。内容えらいことになってんじゃん。

つづきが気になって仕方ないのに、実際十巻までは鞄の中に入っているのに、昼休みはそこで終わった。

業後、家に帰るよりも三四郎の今後が気になって、会社の最寄り駅の駅ビルにあるカフェに入り、テーブルの上に漫画を積みあげて三巻を手に取った。

三四郎は順調に体重をあげてゆくが、両親を失っているという身の上と、その陰気な性格ゆえに先輩たちの「かわいがり」に遭ってしまう。寒風吹きすさぶ稽古部屋の隅で、青痣だらけになって口から血を流す三四郎。先輩力士の嘲笑する声。

――悔しい、悔しいよ父ちゃん、俺がもっと強ければ……！

腫れあがった目蓋の隙間から涙を滲ませる三四郎を見て、私まで涙をこぼしていたら、「パティー?」と名前を呼ばれた。

「え、どうしたの、なに泣いてんの」

慌てて本を閉じ、目尻を拭《ぬぐ》って声のしたほうを見ると、最悪なことに後藤さんがいた。そして隣には、後藤さんと似たような背格好のスーツの女の人。どうやら案内された席が私の隣だったらしい。後藤さんは私の手から本を取り、納得したように頷いた。

「三巻はヤバいよねー、これは泣ける」

「うっそ、三四郎⁉ 私と後藤ちゃん以外で読んでる人初めて見た」

「あ、中尾ちゃん、これうちの後輩のパティ」

「こんにちはー、中尾ちゃんですー」

中尾ちゃんと呼ばれた女の人は、ものすごく綺麗な笑顔をこちらに向けた。営業の仕事をしてる人だな、と思う。ふたりは私のいた席の隣に座り、断りもなく、積んであった漫画を次々と手に取った。

「うわー懐かしい、後藤ちゃんほら、ニッチャバンジーだよ」

「ニッチャバンジーが好きなのは中尾ちゃんでしょ。私は鯛焼き三兄弟が好き」

鯛焼き、という言葉に私はぎくりとする。何故、相撲漫画に鯛焼き？

「……あのう」

私が消極的に会話を中断すると、ふたりははっとして本を閉じた。

「ごめんごめん、ネタバレになるよね」

「ていうかパティがこういうの読んで泣く人だとは思わなかったよ。『和菓子のエデン』とか読んで泣くなら判るけど」

後藤さんのなにげない言葉で、私の頭にはかっと血が上った。

『和菓子のエデン』は、山の手の人気洋菓子店に生まれた男の子が下町の寂れた和菓子屋の娘さんと恋に落ちてどうこうなる少女漫画である。ここ数年、女の子たちのあいだで累計五千万部を売り上げる勢いで流行った。加奈ちゃんに「マジヤバいから！絶対に泣けるから！」と無理やり貸されて、仕方なく読んだことがある。洋菓子屋の青年が、自分の家を捨てて和菓子屋に婿《むこ》入りする、という、自分の本だったら床に叩きつけているような内容で、最終的に和菓子屋の娘は若くして白血病で亡くなり、青年は亡き妻の名前をつけた和菓子をひっさげ、インターナショナル和スイーツコンクールで優勝する。亡き妻の名はエデン（日本人）。

「世の中あんなうまくいかねえですよ！　山の手の男が下町に婿入りするとかマジあ

りえねえですから！　だいたい下町に生まれたら山の手の男と知り合うきっかけなんかねえし、どう考えても時代は和菓子より洋菓子、下町より山の手だろうが！」

「……」

「……パティ？」

後藤さんと中尾さんは、ぽかんと口をあけて私を見つめていた。しまった、と思って私は口を噤《つぐ》むが、この様子じゃもう遅い。

何やってんだ私、ここまで一年半、きちんと可愛いお嬢さんを演じてきたのに、これじゃ台無しだ。嫌な汗が全身からふきだした。

しばらくの沈黙ののち、後藤さんが言った。

「もしかしてアナタ、下町の和菓子屋のお嬢さんなの？」

「……鯛焼き屋です……」

「え、なに、当たらずとも遠からず？　で、家も下町なの？」

「……御坊寺商店街」

なんかもう、今更取り繕うこともできないだろうと半ば諦めに近い気持ちで、私はうなだれつつ答えた。

「そうなんだ！　渋い！　ていうか意外ー」

「後藤ちゃん、見かけで人を判断しちゃダメだよ。だってこの子、こんな可愛い格好してるのに三四郎読んでるんだよ？」

ボーイの「お待たせしました」という声で会話は中断された。ふたりは店に入る前に既に注文を済ませていたらしく、なにやら生クリームと果物がてんこ盛りのワッフルと、同じくチョコレートやらアングレーズソースやらてんこ盛りのクレープがテーブルに運ばれてきた。

「パティ飲み物だけ？　半分いる？」

中尾さんがワッフルの皿を寄せてきた。会って五分でパティ呼ばわりか。しかし彼女は私の本名を知らない。後藤さんも忘れてるだろう。

「いや、大丈夫です。私ほんとは甘いものも大嫌いなんです」

「マージで！」

後藤さんは私の言葉にゲラゲラ笑った。

もう、明日からはジャージで会社に行こうかな。

「ヤバいよリカちゃん、それってジャニーズとか宝塚とかにハマる人と同じ状態だよ」

唇の端にカスタードクリームをつけたまま、神妙な顔で加奈ちゃんに諭された。

「どういうこと?」

「だってあの力士の人、幕下なんでしょ? あのね、ジャニーズにはまだデビューしてないジュニアって人たちがいてね、熱烈なジャニーズファンの人はジュニアのころから目つけておくんだよ。で、デビューしたら『私が見付けたのよ』みたいな顔するわけ。宝塚も同じ。将来のタカラジェンヌが音楽学校に通ってるころから、ヅカファンは学校周辺で出待ちして目をつけておくんだって。リカちゃん、今それと同じだよ?」

「でも私、ジャニーズも宝塚も、名前と顔が判らないし、幕内の力士なんて横綱しか知らなかったんだよ?」

今ならば幕下以上の力士はほぼ顔と名前、出身地までが一致する。ありがとうウィキペディア。

週末、また店番を頼まれた。両親はデートだ。このままだと本当に母が韓国に永住しかねない勢いなので、オヤジも必死なのだろう。ナンゴクがこないかな、という下心満載で私は店番を引き受けた。加奈ちゃんは一時間ほどダベったあと、重い足取りでバイトへと向かっていった。若いお嬢さんがこんなところで週末を潰しているのが可哀想でならない。

後藤さんの言っていた「鯛焼き三兄弟」の謎は解けた。十巻以降に始まる「裏場所編」に出てくる力士の三兄弟だった(鯛焼きを食べると強くなる。なおこの連載時期、『だんご3兄弟』が流行していた)。そして中尾さんの言っていた「ニッチャバンジー」は「日常茶飯事」が発音できない外国人力士の呼ばれ名である。こちらは「裏場所力士」への転身を拒否したために引退を余儀なくされ、やさぐれた挙句にヤクザの組事務所の用心棒となる。

現実世界では今はまだ五月場所の真っ最中である。力士は普通にこられないよな、と諦めつつ三四郎を読みながら店番をしていたら、「シュミマシェーン」と、身体の力が一気に抜けるような声が聞こえた。

「はいよー」

漫画を手にしたまま焼き台の前にゆくと、ナンゴクが立っていた。先日相撲を観に行ったとき、弓取式《ゆみとりしき》の終わったあと、関係者と思われる人に「ナンゴクに渡してください!」と押し付けたあの浴衣を着ていた。無事に手元へ届いたのか。良かった。

時刻は店を閉める直前の六時五十分、外は既に暗い。そして肌の色が黒いのでまた顔も何も見えたもんじゃないけど、辛うじて判断できる限りはものすごい笑顔だった。

「Are you Rika?　Gave me this?」

「Yes, I」

amまで全部答えるよりも早く、ナンゴクは私の手にあった本を見て絶叫した。

「オホーーーー!!　三四郎ーーーー!!」

えー!?　読んでんの!?


パイナップル餡を十個焼き終えたあとも、ナンゴクはその場を離れがたそうにしていた。もう店を閉めて良い時間なので私はシャッターを閉め、鍵をかけ、外に出た。ここから先、英語表記はめんどくさいので会話文は日本語で記す。シマカンドのテレビ会議はすべて英語で行われるため、実は私、ヒヤリングには長《た》けているのである。喋れないけど。

「三四郎を読んで、力士になろうと思ったんだ」

店の外にあるベンチで話をしようかとも思ったが、ベンチが潰れそうなので、私たちは御坊寺の横にある公園へ行った。こっちのベンチは金属製で丈夫だ。

「そうなんだ」

日本ではあまり売れなかった『どすこい☆三四郎』は何故か英語圏の国で爆発的に売れたらしく、サイパンにも英語訳された単行本が出回っていたという。

「鯛焼き三兄弟の食べてる魔法の鯛焼きが本当に美味しそうで、日本にきてからいろんな店を回った。そうしたらリカ、君の店のパイナップル餡鯛焼きが最高にクールだったんだよ」

マジかよ。もしそれが事実だったら、もうちょっと売り上げあっても良くないか？

「ありがとうリカ、君の店の鯛焼きのおかげで僕はどんどん強くなってる。幕下でも十両に近付いてるんだ、ミラクルだよ」

人はそれをプラシーボと呼ぶ。しかしナンゴクは本当に鯛焼きを食べると強くなると信じているらしく、もしゃもしゃと鯛焼きを食べつづけ、あっという間に袋は空になった。

「浴衣、ありがとう」

食べ終えたあと、きちんと飲み込んでからナンゴクは言った。改めて見ると、ものすごくステキな笑顔だ。

「私こそありがとう、あのとき助けてくれて」

「女の子を守るのは当然のことだよ」

キューン、ってなった。胸の奥が。

マジで!? 何これ！ 漫画みたいじゃないの（あんまり読んだことないけど）！ ていうかそもそも私とナンゴクの出会いも漫画みたいだった。交通事故に遭いそうになった女の子を、身を挺して守ろうとする男の子。そして、次に発せられたナンゴクの言葉で、この思いは決定的になった。

「それに、パイナップル餡の鯛焼きを食べたくて君の店に行っていたけど、今は君に会いたくて、君の店に行ってるんだ」

私は自分の二倍くらい面積がありそうな男の真っ黒な顔を見つめた。そして、考える。

――幕下力士の月給って幾らくらいだろう。あと、ちゃんこって旨いのかな。

頭をよぎったその考えに、私は穴に突き落とされたように愕然《がくぜん》とした。

思えば恋愛らしい恋愛をしたことがない。今まで五人くらいの男と付き合ってはいる。ご飯を食べさせてくれる下町のおじさんだったり、ご飯を食べさせてくれる下町のおにーさんだったり、ご飯を食べさせてくれる下町の年下の学生だったり、ご飯を食べさせてくれる以下略。

私が恋をしていたのは、おそらく彼らが食べさせてくれるご飯である。甘いものを無理やり食べさせない男はそれだけでポイントがあがったが、そういう男は私の外見と、食の趣味の食い違いを知った時点で私から離れていった。君は俺がいなくても生きていけそうだ、と。

別れを告げられたとき、悲しくないのが不思議だった。また別のご飯を探さなければ、と思うだけ。できればもう下町の人ではない人で、と、いつも次のことを考えていた。

恋愛って何、と疑問に思うこともなかった。なにせ貧乏だったから。お金を稼ぐこと、より美味しいご飯を食べることだけを考えていた。可愛い服を着ているのも、お姫さま願望というよりも、可愛ければ男が美味しいご飯を食べさせてくれるから、そのための投資だ。

今は君に会いたくて。

ただ君に会いたくて。

会いたくて会いたくて、会えない。

ナンゴクの言葉を思い出すと共に、そんな歌があったなあ、と布団の中でぼんやりと歌ってみる。

翌日、私は昼休みが始まると同時に後藤さんに声をかけた。もうパスタとかうんざりだったので、少し遠くにある居酒屋のランチに誘った。

「モツ煮込み定食」

私がメニューも見ずに注文した少しあと、「……肉豆腐定食」とメニューを吟味したうえで後藤さんは言った。

「ねえ後藤さん、ご相談したいことがあって、でも別に仕事のことじゃないんですけど、恋愛ってなんですか」

「……はっ？　えっ？」

唐突な問いかけに、後藤さんは滅多にお目にかかることのできない間抜けな顔を見せた。

「私、判んなくて。最近出会った男の人に、君に会いたくてって言われて胸がキューンってなったんですけど、その直後に考えたのは年収のこととご飯のことなんですよ」

「うん」

「男の人って、『年収とか職業とか、そういうの抜きの俺を愛してくれ』みたいなこと言うじゃないですか。特に医者とか東大生とかって、そういうの言うじゃないですか。でも私、それ取ったら別にその人好きじゃないんですよ」

「医者と東大生と付き合ってたの？」

「はい、下町限定ですけど、そういう人ってたいてい旨い飯食わせてくれるんで。でもその人がもし医者じゃなくてホームレスだったら、私に旨い飯は食わせてくれない。東大生じゃなくてユー大生だったら時給三千五百円のカテキョのバイトなんかできない、だからお金もないから旨い飯食えない。そしたら私その人の何を好きになれば良いのか判んないんです」

「あー……、うん、そうだね」

「今まで経験してきたことが恋愛なのか、そしてこのナンゴクに対する思いが恋愛なのか、教えてくれませんか後藤さん」

「ナンゴクって誰」

「下町、じゃない、幕下力士です、南国《みなみくに》っていう」

即座に後藤さんは携帯電話を取り出し、南国を画像検索し、「この人？」と画面を見せてきた。私は頷き、出会った経緯を手短に話した。

「え、交通事故？　大丈夫なの？　てか私もこないだ遭ったよ」

「マジですか、後藤さんこそ大丈夫なんですか？」

「うん、大丈夫じゃなかったのは私の友達のほう。ナンゴクねー。安易な四股名だねー。でも良い顔してるし、良いんじゃないの?」

「何が?」

「私バカだから、恋愛が何とか難しいこと考えたこともないけど」

そう前置きしたうえで、後藤さんは言った。

医者になる人は医者になるための努力をした結果医者になった。東大生も東大に入る努力をした結果東大生になった。もし私がそういう男に惚れるとしたら、その努力した軌跡に惚れると思う。結果的に医者になった、東大生になった、その今の姿に惚れると思う。職業や学歴や年収すべてひっくるめてその人が好き、という答えに満足できない男はただの自意識過剰。自分から医者もしくは東大生って看板を下ろしたら何も残らないことが自分でも判ってるから、それがばれるのが怖いだけ。自信のないところを、偽りの褒め言葉で肥大させて自分を作ろうとしてるだけ。力士になる努力をした人が結果的に力士になって年収が付随しているなら、それを好きになってもなんらおかしくない。

鉄鍋から肉豆腐をレンゲで掬《すく》い、ものすごい勢いで啜りながら「だと思うよ」と後藤さんは話を締めた。

「……旨いなこの肉豆腐」

「モツ煮込みも食べます？」

「ちょっとちょうだい」

小皿にお互いのおかずを取り分け、私はしばし皿を見つめて放心した。

「私の意見が正しいわけじゃないから。この説を信じるか信じないかはパティの自由だよ。ナンゴクの『力士』って肩書だけが好きなのか、そ……」

「あ、違います、私相撲とかちょっと前まで興味もなかったから、力士のすごさとか知らないし」

「……良いこと言うつもりだったんだから、最後まで喋らせてよ」

「すみません」

「ナンゴクが好きなの？」

「はい、たぶん」

「じゃ、千秋楽一緒に出待ちしようか」

「はい。……えー!?」

私は驚いて思わず立ちあがる。後藤さんは携帯電話でどこかに発信しつつ、ニヤニヤしながら言う。

「えー!? じゃないよ。こんな楽しそうなこと、なんでもっと早く言ってくれなかったの。あ、もしもし中尾ちゃん? 今週末力士見に行かない? うん、ナマ力士、アフロの」

相談する人、間違えた気がする。しかし私にはほかに相談するような相手もいなかった。学生時代の友人たちは早々に皆結婚して、既に八割以上が子供を産んでしまったためだ。

結局、恋なのか恋じゃないのか、後藤さんの答えでは判らなかった。

けれど、ひとつ判ったことがある。後藤さんの言うことは、私にとっては正しい。世の中に溢れ返るラブソングの歌詞や恋愛漫画はまるっきり理解できないが、後藤さんの言葉は理解できた。恋愛は素晴らしいものだと、雑誌やドラマや漫画は説く。こういうのが恋愛ですよ、とテンプレートを与え、それ以外のものは恋愛じゃないみたいに扱う。

――もし彼が一文無しになっても、一緒にやっていけます。

雑誌なんかに載ってるセレブ妻がよく言う台詞《せりふ》。そんなのは綺麗事だ、と後藤さんの言葉は私に教えてくれた。たしかに綺麗事は綺麗なことなので人々に「綺麗な恋愛」として受け入れられやすい。だがしかし、おまえそいつが最初から貧乏だったら絶対結婚なんかしなかっただろう、むしろ目にも入らなかっただろう、と。

私がやってきたことは、れっきとした恋愛だった。その人が好きじゃなくても、その人に付随するご飯とお金が好きなだけでも、私はその人に付随するその人の付録みたいなものをきちんと愛してきた。私にとって医者も東大生も、お金とご飯だった。それが彼らのすべてだったので、いわば私は彼らのすべてを好きだったわけだ。

よし。うまく「綺麗事」になった。これなら万人に受け入れられる。

「パティ、電話取って！」

「あっ、はい」

「ちゃんと切り替えて、今は勤務中なんだから！」

私はインカムを装着し、目の前で鳴っている電話の通話ボタンを押す。

お電話代わりました、製品担当の松田でございます。継続のお問い合わせですね、サポートID番号をお願いいたします。

スイッチが切り替わるように、自然に声が出た。社会に出て六年、私は仕事も恋愛もきちんと経験してきたのだ。そして、なんだか趣味っぽいものもようやくできた。

あとは、今住んでいる場所から逃れるだけだ。国技館のある両国はこの上なく下町だが、あの商店街さえ出てゆけば、きっと私は幸せになれる。

しかしながら千秋楽は出待ちどころの騒ぎではなくなってしまっていた。千秋楽の朝、私は後藤さんからの電話で起こされた。休日にしてはまだ相当早い。私は朦朧《もうろう》としながら通話ボタンを押す。

「なんかトラブルですかー」

「パティ、テレビ見て！　あとスポーツ新聞取ってたらそれも見て！」

うちはスポーツ新聞しか取ってない。私は電話を切ったあと、よろよろと狭い階段を下りた。古いテレビには、朝のワイドショーが映っていた。

「サッカー賭博!?　大関以下十九名の力士が関与か」

画面の右下には、そんな文字があった。

「……えっ？」

今日の千秋楽は、興行されるの？　と思ったのと同時に、私は目の端に入った文字に、父親が読んでいたスポーツ新聞を奪い取った。

「何すんだ！」

「うっせえジジイ！」

関与されたと疑われる力士の筆頭に、南国、の名前があった。

サッカー賭博は暴力団が行っている。その暴力団とのつながり、暴力団からの借金。賭博をしたことそのものではなく、暴力団と関係していることについて糾弾されていた。

ナンゴクの、鯛焼きを前にしたときのものすごく幸せそうな笑顔が思い浮かぶ。あんなステキな笑顔の持ち主が、悪いことなんてするわけがない。

私は新聞を父親に返すと急いで洗面所に向かい、顔を洗って化粧をした。そして二階に戻り服を着替える。

家を出たら、バイトに行く途中の加奈ちゃんと鉢合わせした。そうか、土日は朝からなのか。

「あっ、リカちゃん、ワイドショー見た？　あれってリカちゃんの店にきてたあの力士だよね？」

「うん、ごめん加奈ちゃん、急ぐから」

「待ってリカちゃん、あの力士と付き合ってんの？」

「……はっ⁉」

走り出していた私は、加奈ちゃんの意外な言葉につんのめるようにして止まった。

振り返り、チュッパチャプスを口の中で転がしている加奈ちゃんに尋ねる。

「なんで？」

「お寺さんの公園でリカちゃんとでかいお相撲さんが仲良く喋ってるの見たって、干物屋さんが」

……狭すぎる。この商店街にいたのでは満足に恋もできない。

「ねえ、付き合ってるの？　だとしたらヤバくない？　リカちゃんまで暴力団とつながってると思われるよ」

「付き合ってないけど」

でも、たぶん好きで、ナンゴクの言葉に嘘がなければ私たちは両思いだ。

加奈ちゃんは「付き合ってない」という私の言葉をそのまま解釈し、「ならいいや」と、何故か少し残念そうな顔をした。

加奈ちゃんと別れ、私は急ぎ足で駅に向かった。両国に着いたら、既に国技館の周りには報道陣が集まっていた。報道関係者以外にも、何事かと集まってきた野次馬らしき人たちもいる。私は人の輪の中に押し入り、ナンゴクの姿を探した。序ノ口は早朝から興行されているので、幕下力士も結構早くから現地に入るはずだ。

殺気立った目できょろきょろとあたりを見回していたら、「お嬢さん」と声をかけられると共に肩を叩かれた。振り向くと禿げ散らかしたおじいさんがニコニコしながら私を見ている。

「……誰よあんた」

「今場所二日目に隣に座ったモンだよ」

あ。と思い出す。ガラガラの国技館でわざわざ私の隣に座り、弓取式までしつこく私をナンパしつづけた爺《じい》さん（「おじいさん」て感じじゃないのでもうここからは爺さんと記す）だ。私は正直お相撲が楽しすぎてそれどころではなかったため、顔なんか憶えてなかった。

「南国待ってんのかい」

「ほっとけよジジイ」

声をかけてくれるタイミングが今じゃなければ、あのときじゃなければ、ご飯くらいは一緒に食べていただろうに。今はナンゴクを探すことに夢中になっていて、相手が誰であろうと鬱陶《うっとう》しかった。

「南国はこねえよ。今日は休場扱いだ。ほかに名前が出た力士も全部だ」

「……マジで？」

「うん。詳しく教えてやるから、そこらでモーニングでも」

あーもーしつこい。でもこの爺さんが言ってることが正しいのであれば、ここでナンゴクを待っていても無意味である。朝ご飯も食べていなかったことに気付き、お腹が激しく鳴った。

爺さんに連れられて喫茶店に移動している最中、後藤さんに「両国に行ったら悪い人に声をかけられた。売られちゃうかもしれない」とSOSメールを出した。そもそも出待ちしようとか言ったのは後藤さんだ。こうなったら最後まで付き合ってもらう。喫茶店の名前が判った時点でもう一度メールし、その店の名前を送った。そして店に入って十五分後、私がモーニングセットのデザートのフルーツヨーグルトを食べている最中、入り口の扉にかかっているベルが激しく鳴った。

「パティ!?」

と大声で私を呼びながら入ってきたのは、しかしながら後藤さんではなく、後藤さんの友達の中尾さん、だと思う。スーツ姿しか知らないので、今の彼女のとんでもなく奇天烈《きてれつ》な、セサミストリートのような服装では判断がつかなかった。

「な、中尾さん、ここです」

「ああパティ、良かった! 大丈夫? なんか変な契約書とか判子押してない?」

向かいでコーヒーを啜っていた爺さんは、中尾さんを見て「チンドン屋みてえだな」と呟いた。そんな爺さんを中尾さんは睨みつけ、怒鳴りつけ、ようとしたのだが。

「ちょっと！　悪行もたいがいに……って、……あなた、おんせんたまご先生じゃないですか？」

「えっ⁉　俺のこと知ってる？　ほんとに？」

中尾さんの言葉に、爺さんの顔はあからさまに嬉しそうに崩れた。

「え、誰？」

「パティはどこ見て漫画読んでるの、『どすこい☆三四郎』の作者だよ！　著者近影載ってたでしょうが」

見てないよそんなの。中尾さんは私の座っていたベンチシートの隣に腰をおろし、カバンから大きな手帳を出して、ペンと共に爺さんへ差し出した。

「サインくださいー」

爺さんは「えー？」と言いながらも嬉しそうに手帳を受け取ると、「誰が好き？」と訊き、まずは自分の名前を書いた。

「ニッチャバンジー」

「お、珍しい」

名前の横に、ペンを走らす。一分足らずで、彫りの深いニッチャバンジーの顔ができあがる。すごい。漫画家の実物なんか初めて見た。そうこうしているうちに、再び入り口のベルが鳴る。入ってきたのは黄緑色のジャージ姿の後藤さんだった。

「中尾ちゃーん、パティいた？ あっ、おんせんたまご先生だ！」

後藤さんも知ってるのか。爺さんはまたもや相好《そうごう》を崩し、「なんでも食え、俺の奢りだ」と嬉しそうに言った。


おんせんたまご先生は、もともとは新聞記者だった。

記者として第一線で働いていた三十年前、相撲業界の裏側であらゆるスポーツの賭博がはびこっていることを知り、記事にしようとしたが揉み消された。夜道を歩いている最中、襲われそうになったこともある。そして最終的に閑職へ干され、記者を辞め、漫画家になった。ここにいる妙齢の女子三人が夢中になった『どすこい☆三四郎』は、青春相撲漫画の体《てい》を取った告発漫画だったらしい。

三四郎には「裏場所」という言葉が出てくる。これは本場所のない時期に行われるアンダーグラウンド賭け相撲である。巡業に出ない力士がレスラーとして土俵にあがり、相撲を取る。しかし裏場所は暴力団興行であり、裏場所でどんなに勝ち星をあげても、本場所には影響しない。なぜなら元より勝ち負けは決められているからだ。お金を儲けることだけを考えた力士が、裏場所力士になる。

力士としてのプライドをかけて土俵にあがる力士は、どんなに弱くても裏場所力士への転向を拒む。

そんな内容だった。三四郎も、十二巻あたりで負け要員として裏場所力士への転向を勧められている。

「もしかして裏場所って、ほんとにあるんですか」

「ねえよ、スポーツ賭博の暗喩《あんゆ》だよ。実際の競技名出したら連載できねえだろ」

おそらくあの十九人以外に、本物のホシが隠れているはずだ。南国は関っちゃいない。スケープゴートにされただけだ。爺さんは後藤さんからもらい煙草をし、火をつけながら言った。

「……出身地的な問題でですか」

「それ以上言うな。誰に聞かれてるか」

バカな私にも、中尾さんと爺さんが何を言いたいのかは判った。中尾さんは頭をぐしゃぐしゃとかき回し、「納得いかないー！」と叫ぶ。

「なんなの暴力団と相撲協会、そんなに偉いわけ？　他人の人生ぶっ潰すことができるくらい偉いわけ？」

聞けば、中尾さんは以前職場でその筋の事件に関って揉めたことがあるという。二時間くらい喫茶店で話をしたあと、爺さんは場所を移動し、私たち三人をちゃんこ屋へ連れて行ってくれた。

「ねえ、どこで知り合ったの？」

爺さんのうしろをついて歩いていると、後藤さんに小声で訊かれた。ＳＯＳを騙《かた》ったことは怒られなかった。

「国技館でナンパされたんです。私そういうのよくあるんですよ」

「ああ……外見には、騙《だま》されるよねえ」

しかし声をかけてくる男はもれなく全員下町の男である。おんせんたまご先生も上野に住んでいるそうだ。

間口の狭いちゃんこ屋に入り、カウンターに並んでミニちゃんこランチを四人分頼んだ。すぐにほかほかと湯気を立てる鍋が出てくる。ごっつぁんです、と言って受け取ったら若い男の店員に笑われた。

「なあ、あれ嘘だろ、南国の」

爺さんは店員に馴れ馴れしく訊いた。店員の青年は頷き、「ありえないっすよ」と答える。

「ナンゴクさん、そもそも金儲けとか興味ねえし」

「なんで？」

女三人が同時に尋ねた。

「サイパンの実家が農園主で大金持ちなんっすよ。あの人はただ単に相撲が好きで、力士になりたくて日本にきただけです。賭博なんてありえねえ」

大金持ち、という青年の言葉に、私は心の中で大きくガッツポーズを取った。

「まあでも、実家に頼りたくねえってんで天涯孤独騙って相撲部屋入ってるから、協会も切りやすかったんでしょうね」

「なんであなたがそんなこと知ってるの？」

「俺のオヤジが連れてきたんです、ナンゴクさんのこと、日本に」

身分を完璧に偽装して入国していることを爺さんは知っていたらしい。女三人が納得している横で、爺さんは「懐かしいなあ」と呟いた。

初めて食べるちゃんこは、ものすごく美味しかった。私は作り方を尋ねたが、教えてもらえなかった。口の中で出汁を転がし、何が入っているのか考える。塩ベースにニンニクと唐辛子、鶏がら、魚醬《ぎょしょう》、あとは入っている肉と野菜からの旨みだ。本当に美味しい。

――幕下力士の月給って幾らくらいだろう。あと、ちゃんこって旨いのかな。

あのとき考えたふたつの疑問に対して、ふたつとも答えが出た。ちゃんこは旨い。そして月給に関係なく、実家が大金持ちなら問題ない。でも今は、なんだか実家が大金持ちでも関係ないような気がしていた。


結局その日、私はナンゴクの姿を見ることができないまま夜遅くに家へ帰った。店のシャッターは閉まっており、扉を開けても電気がついていなかった。

またデートかよ。と思って電気をつけたら、食卓にひとり、父親がうなだれて座っていた。少しギョッとする。

「ど、どうしたの」

「おお、おかえり、遅《おせ》えんだよこのクソ娘」

毒づく声にも元気がない。私は不審に思い、父親の前に置いてあった一枚の紙を取りあげた。

――自分探しの旅に出ます。しばらく帰りません。さがさないでください。

紙は感熱紙だ。文字のぶれ具合からしてＦＡＸである。家出の置手紙もＦＡＸの時代になったか、と思ったすぐあとに、「ヤバいじゃん、何これ」という裏返った声が出た。

「正しい日本語使え、ヤバいってなんだ」

「そんなこと言ってる場合じゃねえだろうがこのクソオヤジ、どうすんのよこれ、あんたお母さんいなくちゃ何もできないでしょうよ」

「うん……」

「いつきたの、このFAX」

「ついさっき……」

「お母さんいつからいないの」

「朝から……」

「なんか心当たりないの、浮気したとか」

「ね、ねえっつうのバーロー」

母親は携帯電話を持っていないので、連絡の取りようがない。しょんぼりとうなだれる父親は、空気の入っていないビニールプールみたいだ。何これ、なんなの今日は。仏滅？

「どうすんの、迎えに行くの？」

「場所も判んねえのに迎えに行けるわけがねえだろ」

私はFAXの隅を確認した。発信者番号が書かれている。携帯電話を取り出し、その番号をネット検索すると韓国の超高級ホテルの名前がヒットした。この家のどこにそんな場所に泊まれるほどの金があったのだ。私は画面を父親に見せ、「迎えに行きな」と言った。

「無理なんだ、金も全部持ってかれた。金庫空っぽだ」

いやだもう、ただでさえ貧乏なのに！　私は父親の向かいに座り、深い溜息をついた。とりあえず状況を整理しなければならない。

罪のないナンゴクはおそらく誰かの代わりに相撲協会から除名される。私には何もできない。お母さんは韓国人俳優を追っかけて韓国に行ってしまった。オヤジは何もできない。どちらかひとつでもなんとかする方法はないものか。

「オヤジ、明日まで待って。明日金下ろしてくるから」

「貯金あんのかよ」

「五百万くらいなら」

「嘘つくな！　俺でも持ってねえそんな大金どこからせしめた！　身体でも売ったかこのビッチ！」

「企業様で働いてんだよ！　お時給の良いとこ選んで働いて貯めたんだよ！　売ってんのは身体じゃなくて魂だよ！　しかも自分の娘に向かってビッチとはなんだこのサノバビッチ！」

「サ……ボサノバ？」

私はもう一度深呼吸し、頭を抱えた。今ここで喧嘩してる場合じゃない。

「とりあえずオヤジに百万貸す。だからその金でお母さんを迎えに行って」

「ふざけんじゃねえよ、韓国語なんか喋れねえし、俺はサムギョプサル食うと下痢すんだよ」

「なに勝手に韓国美食ツアーにしてんだジジイ、言葉なんて通訳雇うなりなんなり、てめえでなんとかしろよ、このままお母さんが戻ってこなくても良いの⁉」

「なあリカ、新しいお母さんがフィリピン人ってのはどうだ？」

「……このバカーッ‼」

翌日、三十分ほど遅刻する旨を伝え、私は銀行にお金を下ろしに行った。罵詈雑言《ばりぞうごん》にさまざまなバリエーションはあれど、頭に血が上ったときは咄嗟《とっさ》に「バカ」しか出てこないものなのだな、と思う。

百万円を下ろし、私は家に戻った。じんじんと指の付け根が痛む右手でその札束を父親に差し出すと、父親は腫れあがった左の頬を擦《さす》りながら「すまね」と言って受け取った。

「絶対に返してもらうからね」

「判ってるよ、早く会社行け」

薄暗い家の中に入ってゆく父親の背中は、非常に小さかった。

会社に着いてからは、普段どおりに業務は進んでゆく。昨日、ちゃんこを食べたあと、おんせんたまご先生が確保していたマス席で相撲を観て(不戦勝だらけだった)、私は先に帰ったが、後藤さんと中尾さんは爺さんにくっついて更に呑みに行っていた。しかし後藤さんの姿からは酒の気配もない。

「ジェレミーだって」

昼休み、コンビニから帰ってきたあと後藤さんはウィダーの飲み口を咥《くわ》えながら私に言った。

「え？　ロビーベンソン？」

「いや、ナンゴクさんの本名。なんでそんな古い映画知ってるのパティ」

あんな恋に憧れていたからだ。後藤さんのおしゃべりに付き合う気力もなく、私は食べ終わったカロリーメイトの袋をゴミ箱に捨てると机の上に突っ伏した。

「大丈夫? 昨日のこと、まだショック?」

「いや、母親、出てっちゃって」

「あらーダブルショックだね。ほんと大丈夫? 今日は定時にあがりな、新規の問い合わせは全部私がやってあげるから」

深入りしない心遣いがありがたかった。

家に帰ると既に店のシャッターは閉まっており、父親の姿はなかった。海外なんか行ったことないだろうに(新婚旅行は熱海の世代だ)、少しだけ心配になったが、自業自得だろう。異国の地で思い切りアタフタすれば良い。

それから金曜日までずっと、後藤さんは毎日定時にあがらせてくれた。金曜になっても父親も母親も帰ってこなかった。もともと狭い家だが、ひとりになってもやっぱり狭い。私は買い込んだ食材で、先日食べたちゃんこを作ってみることにした。伊達《だて》に他人にたかって旨いもん食ってない。自分の舌を信じていれば同じ味が再現できるはずだ。

試行錯誤したうえで二時間後、あの店とほぼ同じ味を再現できた。すごい、私の舌の記憶力。しかしながら大量に作りすぎた。いつも家族でカレーを作る鍋で作ったため、ひとりで暮らしている今だと十五日ぶんくらいある。

おそらく食べ切れないであろう鍋を目の前に漫然としていたら、外のシャッターを叩く音が聞こえた。時計を見る。今は夜の九時だ。誰かが訪ねてくるにしても遅すぎる。

もしかして両親が帰ってきたのか、と思って私は立ちあがり、入り口横の扉を開けた。視界が闇に遮られた。

「――ナンゴク!?」

「ハイ、リカ」

ああ、好きだ! 会えたことがものすごく嬉しい。私は鯛焼きを買いにきたというナンゴクを家に招き入れようとしたが、身体がつかえて玄関の扉を通らなかったので(あとおそらく床が抜ける)、ちゃんこの鍋とおたまとどんぶりを持ってお寺の公園へ行った。

「ごめんね、最近忙しくてお店開けられなかったんだ」

「うん、僕もさっきまで拘束されてたから、今日までこられなかった」

言葉に詰まる。私がなんて言葉をかけようか悩んでいたら、ナンゴクは「ねえ、それ食べて良い?」と地面に置いたちゃんこの鍋を指さした。

「すごく良い匂いがする」

「うん、食べて」

私はどんぶりに鍋の中身をよそい、手渡した。ナンゴクは一口出汁を飲み、「美味しい」と嬉しそうに言う。私まで嬉しくなる。そして次の一口ですべてを飲み干した。

「おかわり」

「はいよー」

二杯目をよそって手渡そうとしたら、いつまで経っても手が出てこなかった。横を見たらナンゴクは、私の五倍はある身体を小さく震わせて、泣いていた。

「……食べな？　元気になるよ？」

うん、とナンゴクは大きな手でどんぶりを受け取り、再びそれを二口で空にする。

わんこちゃんこ状態で私が三杯目を手渡すと、「知ってるんだね、あのニュース」と訊いてきた。私は頷き、再び「食べな」と促す。

「こんなことで、相撲やめなきゃいけないなんて」

泣きながら、ナンゴクは空になったどんぶりを見つめ、言った。身体が大きな人は涙も大きいのかと思ったら、涙の量は私と変わらない。

「もう君の店の鯛焼きが食べられない」

「……」

「君にもう会えない」

いとしさが胸を満たす。私はたまらなくなり、気付いたら握っていたおたまが地面に落ちていた。そしてナンゴクの顔を両手で摑み、唇を奪っていた。

「私があなたに会いに行く」

唇を離したあと、私は言った。

「上手に鯛焼きも焼けるようになる。だからサイパンで待ってて」

――母ちゃんとさいしゅうじま行ってきます。父ちゃんより。

翌日の朝届いたFAXには、そんな言葉があった。一週間音沙汰なしでいきなりそれかよ。なんだよ「さいしゅうじま」って。チェジュ島だろうが。

私はほっとしたのと同時に軽く怒りを覚え、感熱紙を握り潰しゴミ箱へ捨てた。そして店のシャッターを開け、加奈ちゃんに電話した。

「ねえ加奈ちゃん、バイト前にちょっとうち寄ってくれる？　鯛焼きタダにするから」

「えー、今日午前休みだし行く行く、何個くれる？」

ちゃっかりしたお嬢さんだ。とりあえず十個、と答え私は焼き台の掃除をし、皮を作り始めた。皮の生地は簡単だが、問題は餡である。私は甘いものが嫌いなので、できれば食べたくない。

そうこうしているうちに、店の外に加奈ちゃんが現れた。

「店開いてるの久しぶりー。おじさんとおばさん、旅行なんだってね」

「うん。そろそろ店開けないとうちの稼ぎなくなっちゃうからね」

私はあらかじめ煮ておいた三種類の白餡をボウルに移し、まずそのうちの一種を加奈ちゃんに一口舐めさせた。

「どう？　今までの味と同じ？」

「うん、でもちょっと甘いかなあ」

同じことを、ほかのふたつのボウルからも試した。

「あ、これ、この味がまったく一緒。さすがリカちゃん、娘だね」

最後のひとつで加奈ちゃんがぱっと笑顔になる。私もほっとして、傍らにあったシロップ漬けパイナップルの缶を開けた。

「え？　パイナップル餡なの？　なんでパイナップル入れるの、ありえない」

「おねがい加奈ちゃん、あとでちゃんとカスタード十個あげるから、味見して」

私の懇願に加奈ちゃんはしぶしぶ頷き、ふて腐れて外のベンチに座った。

「もしかしてあの力士のために作ってるの？」

「うん」

「やっぱ付き合ってるんじゃん」

「うん」

「マージーでー!!」

座ったと思ったらもう立ちあがって加奈ちゃんは私の顔を覗き込んだ。私は三たび頷く。

「やだー、禁断の恋っぽくって昂《たかぶ》るー！　暴力団から逃げちゃったりするの？　ボルサリーノがはじけ飛んでコンクリートにキスしちゃったり、必ず行くからそこで待ってろよ！　とか言われちゃったりするの？　ぎぃやぁー!!」

「なんのマフィア映画よ」

「マッチさんだよ！」

私はとりあえずひとつだけ焼いたパイナップル餡の鯛焼きを加奈ちゃんに渡した。目をキラキラさせていた加奈ちゃんはうって変わってげんなりした表情でそれを受け取り、一口齧《かじ》る。

「……あれ」

「どうした？　味違う？」

「ううん、美味しい」

「ダメかー」

「いや、違う、たぶんおじさんの作るのと同じ味なんだけど、美味しい」

加奈ちゃんに味見してもらって、粒餡も同じ味に再現することができた。十一時半くらいに、「そろそろバイト行かなきゃ」と抱え切れないくらいの鯛焼きを持って加奈ちゃんはベンチを立つ。

食わず嫌いだったらしい。酢豚のパイナップルを憎むあまり、パイナップルという食べ物そのものを滅びろと思っていたそうだ。最後にうちの店のパイナップル餡を食べたのは、酢豚を初めて食べる前だったのだから、ものすごい舌の記憶力だ。

ついでにこのまま店を開けつづけてみようと思った。少しでも稼いでおかないと、私がこの家を出たとき、父親と母親は一文無しになる。

加奈ちゃんがバイトに行ってしまってから一時間ほどのち、初めての客がきた。

「すみません、今日は白餡と粒餡しかないんですが」

「あー、やっぱりパティの店だ」

店の外に立っていたのは、奇天烈な格好をした中尾さんと、どう見てもゲイにしか見えない綺麗な男の人だった。後藤さんが横にいないのはかなり違和感がある。

「すごい、風情があってイカス」

「ボロいだけですって。彼氏ですか？」

「うん、かっこいいでしょ」

ゲイにしか見えない、という言葉は呑み込み、頷いた。

ふたりは店の外のベンチに座り、キャッキャ言いながら二尾の鯛焼きを分け合っていた。その姿を見たカップルの通行人が、ふらふらと店のほうにやってきて、また二尾注文する。中尾さんたちがベンチから立ちあがるまで、合計五組の客がやってきて、鯛焼きを買っていった。見目麗《みめうるわ》しいカップルは、招き猫より効果があった。

客足が途切れたあと、中尾さんは唇についた餡こを舐め取りながら私に一枚の紙を渡した。

「これ、おんせんたまご先生の連絡先。パティに渡してって頼まれた。なんかあったらいつでも連絡してこいってさ」

「いやそれ、たぶんナンパです」

「良いじゃん、美味しいご飯でも食べさせてもらいなよ」

「そういうのもう必要ないんです。私、サイパン行くんで」

「え!?」

私は中尾さんに、ナンゴクと私の今後のことを話した。彼は協会を除名され、力士ではなくなった。無実の罪で処分されたのである。二週間後にはサイパンへ帰ることになる。私は彼を追いかけて、近いうちにサイパンへ渡る。中尾さんは目をキラキラさせながら私の話を聞いたあと、言った。

「昴るー!」

「それ流行ってるんですか、さっき知り合いの女子大生も言ってたんだけど」

「どうだろう。でも昂らない? どうやって悪事を暴こうとか考えると、ワクワクするよね! 村内君!」

そっちか。村内君と呼ばれた彼氏のほうは、真面目な顔をして「どうにか手を回してみましょう」とか言ってる。

「頑張りなよパティ。国際恋愛は結構大変だよ」

「はい」

「安心して。私たちが絶対に悪事を暴くから、何年かかっても」

どうやって、と尋ねるのは野暮に思えた。もしかしたら本当にどうにかしてくれるかもしれない、と思っておいたほうが、楽しそうだったから。

シマカンドのセンター長には、次の更新を迎えると共に辞めることを伝えた。後藤さんが彼の隣で聞いていた。

「いきなりそんなこと言われても、困るんだけど。せっかくここまで育ったのに辞められたら困るよ」

業後の疲れが隠せない年齢のセンター長は、難しい顔をして言った。隣で後藤さんは無表情のまま私を見ている。

「すみません、でももう決めたんです」

「辞めて何すんの？　もっと条件の良い現場でも見付けた？」

「いえ、ちょっと海外に」

「今流行りの自分探しの旅ってか？　仕事舐めてもらっちゃ困るんだよね、いくら派遣でも責任はあるんだよ」

「すみません」

「君を信頼して電話かけてくる人もいるんだよ、次の契約更新て言ったらもう一ヵ月後だろ、どうすんのそれ」

「すみません」

「いくら派遣でもね、ちゃんと自覚持って働いてもらわないと困るん……」

だよ、と言い終わる前に、後藤さんが立ちあがり、傍らに持っていた分厚い資料の束でセンター長の横っ面を引っ叩いていた。

「ちょ、何を」

吹っ飛んだ眼鏡を探しながらセンター長は抗議の声をあげようとしたが、後藤さんはそんな彼をもう一発引っ叩いた。

「いいかげんにしてくださいよセンター長。なんのための派遣制度ですか。仕事に対する永続的な責任を持ってもらいたいならさっさとこの子を社員にすりゃ良かったじゃないですか。私たち派遣はね、金儲けのためだけに働いてるんですよ、会社に対する義理なんかコレッポッチもないんですよ。契約が満了したらその会社との縁は切れるんです、そうやって割り切って働かざるを得ないんですよ派遣は」

「……」

「採用段階でしょっぱなから低学歴なあたしら切り捨てておいて、社員が誰もやりたがらない仕事だけ低学歴の派遣社員に押しつけて、そんな派遣に会社に対する責任持てって、辞められたら困るって、ナニサマだよあんたら。勝手にこの子が育ったとでも思ってんのかよ、あたしがここまで使えるように育てたんだよ、派遣のあたしがね。だからあんたがアレコレ言う権利はねえんだよ。パティ、大丈夫だから。辞めて良いよ」

――この人たぶん元ヤンだ。私はそのあまりの迫力に気圧《けお》されて言葉が出ず、ただ後藤さんの顔を見上げ、頷いた。


母親が家を出て行ってから三週間後、両親が揃って帰国した。照れくさそうな顔した父親に、私は自分が作った餡この味を確かめてもらった。

「え？　作ったの？　おめえが？」

鍋を前に、目を丸くする。母親も同じく目を丸くする。

「うん。加奈ちゃんには確かめてもらったんだけど」

父親は何を勘違いしたか、感激の涙を流しながら餡こを口に入れた。

「涙で餡こがしょっぺえや」

「そういうのいらないから。味、オヤジが作るのと一緒だね？」

「おうよ。これでこの店も安泰だー」

「じゃあ、私サイパン行くから。サイパンに『たいやき松田』の支店作るから。材料の問屋と機材の業者教えて。あと百万返して、今すぐ」

「はぁー!? 何言ってんだ、俺と母ちゃんも韓国移住しようと思ってたのに、おめえの貯金アテにしてたのに」

「はぁー!? あれは私の店の資金だよ!」

睨み合う私と父親の間に、まあまあ、と言いながら母親が割って入る。

「リカ、なんで? なんでサイパン?」

「好きな人がいるの、サイパンに」

「じゃあ、仕方ないわねえ」

あまりにもアッサリとした答えで、逆に力が抜けた。母親は「恋しちゃったら、仕方ないわよ」と私の頭を撫でる。そっか、この人やっぱり韓国人俳優追っかけて韓国行ったのか。

「な、何言ってんだ、そんなの許すわけねえだろ! ガイジンだぞガイジン!」

「黙れハゲ!」

母親はものすごい剣幕で父親を振り返り、その胸倉を摑んだ。

「……フィリピンパブの、ビビアンちゃん。なに人なの?」

「……フィ、フィリピン人」

大人しくなった父親の胸倉を離し、母は私に向かって笑顔で言う。

「サイパンなんて移動時間で考えたら青森より近いわよ。一年に一度くらいは帰ってらっしゃい」

私は素直に頷く。何故か涙がこぼれた。

「幸せになるのよ」

なります、必ず。

☆

思えば別にサイパンに鯛焼き屋作らなくても、普通にナンゴクの嫁になるという選択もできた。実際にナンゴクの実家は大金持ちだった。何坪、とかではなく何ヘクタールという単位で土地の広さを測るレベルだった。それでもサイパンに渡ってずっと鯛焼き屋をつづけているのは、彼に対する愛を持続するためなのかもしれない。鯛焼き屋の稼ぎは、自分の食い扶持くらいならなんとかできるレベルをずっと保っている。彼のお金が目当てではない、というセレブ妻の言葉が、今なら納得できる気がした。

運命の恋ってあるんだね、と、私を胸に抱きながらナンゴクはよく言う。力士をやめてから幾分か痩せたが、まだその胸は広く大きく、抱かれるとほっとする。

あのとき交通事故に遭っていなければ、私とナンゴクは出会わなかった。実家が鯛焼き屋でなければ、ナンゴクとは出会えなかった。おんせんたまご先生が『どすこい☆三四郎』を描いていなければ、ナンゴクは力士を志さなかった。すべてが運命だ。

ナンゴクは実家の仕事の傍ら、近所の子供を集めて相撲部屋もどきなことをやっている。ときおりそこに、あのちゃんこ屋の青年の父親という人（元力士らしい）が、スカウトという名目でやってくる。

私がサイパンに渡って数年後、本当にあの事件の真相がメディアに明らかにされた。おんせんたまご先生曰《いわ》くの「本物のホシ」は、外国人の大関だった。暴力団どころの騒ぎではなく、某国のマフィアとつながっていたらしい。この事実を明らかにした人物の名前は、最後まで公表されなかった。

——もしかして、本当に中尾さんと彼氏が？

「もうそろそろ、着くころじゃないか？」

料理を作っている私のうしろで、少しだけめかし込んだナンゴクがそわそわしている。

「落ち着いてよ、もう何度もきてるんだから、そろそろ慣れて」

「だって、君の友達ふたりとも美人で緊張するんだよ、旦那もふたりともかっこいいし」

「美人が好き?」

「……君が一番好き」

私たちは軽くキスを交わす。そのとき外から懐かしい、けれど一年に一度は必ず耳にする声が聞こえてきた。

「パティー!! 馬糞《ばふん》踏んだー!! 外の水道使うよー!!」

あとがきという名のいいわけ

私の本をいつも読んでくださっている方はご存知のとおり、私の書くお話は暗いものが多いです。ときどきとんでもないものも書きますが、概ね真面目な人が真面目な悩みに苦しんで苦しみぬいてときどき死んだりしてます。

その暗くて人が死ぬ小説のひとつに関係して知り合いになった、同い年の女性がいます。この『憧憬☆カトマンズ』という本を作るための連載（「脳膜☆サラマンダー」以降3篇）を依頼された当時、創作活動にかなり行き詰まっていた私は「ねえ、あなたなら小説はどんな話が読みたい？」と彼女に訊きました。

「ウルトラハッピーエンドな話」

と彼女は答えました。酔っ払っていたせいもあるのでしょうが、彼女は仕事に対する不満を爆発させながら言いました。

「もう、『日常の中で何気ない幸せを見付けてしみじみハッピー』みたいな話じゃ満足できないんですよ。現実味がないくらいハッピーな話が読みたい。それこそ『花〇り男子』みたいなありえないハッピーエンド。それで現実逃避したい」

当時の私はたしか31歳でした。彼女もそうです。そしてこれらの話が連載されるのは日経ウーマン系の媒体。私も彼女も読者としてはドンピシャな年齢層です。常々、「この小説にはリアリティがない」と書評する人（対私の本に限らず）に、「だったら他人の書いた作り話なんか読んでねえで学術論文でも書いてろよこの石頭」と毒づいていた私は、彼女の答えに気付かされ、作家生命を救われました。

私たちの年代だけではなく、今という時代、すべての年代においてリアルが暗いのです。リアリティを突き詰めると、暗い話になっちゃう。そんなのはもうたくさん。リアルが暗いんだから、せめて娯楽の読書くらい楽しいのが良い。

彼女の意見がすべての女性の願いだとは思っていません。が、少なからずそう願う人もいるでしょう。そういう人のためにこの話を書きました。

リアリティとかくそくらえ！　なそこのあなた。ぜひとも既刊の『セレモニー黒真珠』および『野良女』と併せてこの本を三倍楽しんでください。

こんなの現実的にアリエナイッティ！　なそこのあなたは、私のほかの本を読んで暗い気分になると良いです。『春狂い』とか超暗くてオススメです。幽霊出てくるけど（アリエナイッティ！）。

最後に、連載させてくださった日経ウーマンおよび日経ウーマンオンラインの皆様、本にしてくださった日本経済新聞出版社の編集様、そして中尾ちゃんのモデルとして取材に応じてくれたNさんとOさん、本当にありがとうございました。

文庫版あとがき

テレビ局のたいへん忙しい部署に勤める友人が先日「この仕事してると秒速で友達が減ってゆく」と嘆いていました。忙しすぎて、人と会う約束ができないから。私の仕事も同じく、日々刻々と友達が減ってゆくなと思います（会社員や専業主婦と生活時間帯が合わない）。

小説家になる前、私は派遣社員や契約社員として七年間企業で働いていました。小説家になって現在九年目、企業で働いていたときの友達とはいつしか連絡を取らなくなり、ほぼ疎遠になりました。新しい友達はできたけど、それでもやっぱり、昔の友達が恋しい。時計の秒針の音しか聞こえない部屋、夜中ひとりで小説を書いていると、世界中の誰からも忘れ去られたかのように思えてきて、ときおり寂しくて叫びそうになります。

中尾ちゃんには、単行本時のあとがきに書いたとおりモデルがいます。企業で働いていたときに大好きだったふたりの元同僚の、仕事、人格、暮らしぶりを掛け合わせたハイブリッドが中尾ちゃんです。先日そのふたりのうちのひとりから、久しぶりにメールが来ました。嬉しくてありがたくて、すぐに返信をしました。この文庫が出たら、四年ぶりに会う予定です。

永遠の友情なんてきっと存在しないけど、もしかしたら自分の努力しだいでは実現可能かもしれません。これを読んで「友達って良いな」と感じた皆さま、どうか今あなたの傍にいる人を大切にしてくださいね。

爆発寸前のアラサー女子たちに捧ぐ

山内マリコ

バブル崩壊後の九〇年代、経済がガクッと低迷したいわゆる「失われた十年」の間に、学校を卒業し社会に出なければならなかった者にとって、就職は途方もなく困難だった。望みどおりの会社に採用されるのは、名門大学を卒業したごくごく少数で、新卒で就職する機会を逃した人の多くは、フリーターや派遣社員という「非正規雇用」の立場で糊口《ここう》をしのぐこととなる。とりわけ女の人が流れたのが、「派遣」の道だった。

本書の表題作『憧憬☆カトマンズ』の主人公、後藤ちゃんもまた、「超就職氷河期ならうえにバカ大学なので、就職活動はしてもムダと判っていた」と割り切り、新卒派遣に登録。外資系ITセキュリティベンダーの、サポートセンターに勤めている。インカムをつけてクレームの処理もする、いかにも精神的にキツそうなあのお仕事だ。派遣ながら勤続五年、もうすぐ二十九歳。ちなみに不倫中である。

といっても、派遣社員の立場を被害者っぽく描いた小説ではない。むしろ逆。派遣といっても仕事ができる後藤ちゃんは、かなりの高給取りだ。「時給は二千二百円で、一日平均残業が一時間半ほど。一ヵ月の給与にすると五十万円近い」。月ベースの収入は不倫相手の営業部長よりも多いスーパー派遣社員。ただし、それがネックになって岐路に立たされてもいる。経費削減のため会社から、「正社員になれ」と懇願されているのだ。一般に、派遣から正社員に登用されることは稀だから、この申し出は人生を安定させるまたとないチャンスのように思える。けれど後藤ちゃんは、そのオファーを突っぱねつづけている。正社員になったところで仕事内容は変わらず給料だけが減ること、つまり人を買い叩こうとしているのが許せないのだ。

本書は二〇〇八年から二〇一一年にかけて発表された四つの短編が採録された連作集であるが、二〇一四年現在も、作品の中で描かれている現実は基本的に変わっていない。むしろますますひどくなっているといっていいと思う。この数年ですっかり「格差社会」という言葉が定着したけれど、その元凶の一つが、経営者にとってばかり都合のいい雇用形態だ。人件費を低く抑えるために、「正社員になれ。さもなくば辞めろ」というロジックを突きつけられた後藤ちゃんは、「バカにしやがって」と激しく反撥する。

「バカにしやがって」という心意気は、本書を小気味よく貫く一本の芯のようになっているが、とりわけ「バカ」は頻出ワードである。後藤ちゃんにはもう十年のつき合いになる親友、中尾ちゃんがいるが、二人が出会い友情を育んだのは、東京の僻地にある「バカで有名な」ユーラシア大学だ。ユー大は、「金さえ払えばどんなバカでも入学できる」「日本中のバカな学生をかき集めてできたような学校」。そこを卒業した二人は、自分たちがバカであることに確固たる自覚がある。自虐的なわけではなく、当たり前のようにそれを受け入れているのだ。身の丈を知っているというか、わきまえていて、そのスタンスは仕事においても有効だ。後藤ちゃんは五年もサポート業務一本でやっているが、「これ以上頑張りたくないからサポートつづけてるだけだよ」とあっさり言う。日経ウーマンおよび日経ウーマンオンラインで発表された作品でありながら、がんばらない・テンション低い・仕事での上昇志向ゼロが、主人公たちの共通点かもしれない。与えられた仕事はきっちりやるし、対価もちゃんともらうけど、それ以上会社にこき使われるのはご免だわというドライさが気持ちいい。

学歴で雇用形態が決まってしまう以上、もちろんコンプレックスはあるが、二人はレッテルを羨むタイプではない。ゆえに、ただの学歴批判ではない、ある種のリスペクトがちりばめられている。「勉強をする努力のできる人は仕事をする努力も総じてできる」し、そういう「頭の良い子たちというのは概ね努力や我慢の仕方を知っている」ものだ。ただ、その規格に該当しない人間だからといって、採用段階で門前払いされる就活には納得いかないというのが、氷河期世代の本音だろう。後藤ちゃんも、人材派遣会社で営業の仕事をしている中尾ちゃんも、地頭《じあたま》がよくて仕事ができる。二十九歳となり、年齢についていろいろ思うところありながら、若手を育てたり束ねたりと、中堅の役割を果たしている。後藤ちゃんが派遣される側だとするなら、中尾ちゃんは派遣する側。『脳膜☆サラマンダー』では、派遣社員のマネジメントを担当する中尾ちゃんが主役となって、ちょっとスリリングなストーリーが展開している。

仕事が大きなテーマになっているけれど、おもしろいのは後藤ちゃんと中尾ちゃんの人間的な部分の方だ。とくに彼女たちのパーソナリティの趣味要素は、サブカル系を直撃してくる。同僚が着てくるバンドTシャツをチェックして、「既に一回りを終え、ジャニーズやハロプロを受け入れることができる仏のような精神」に到達した音楽オタクであることを見抜き、クールな友情からはじまって甘酸っぱい恋愛に発展、さらりと不倫の沼から這い出す後藤ちゃん。『美味しんぼ』の山岡士郎のごとく屋上ハウスに住み、趣味は仏像を彫ることで、洋服オタクの同僚男性をゲイと思い込んで深入りできないでいる中尾ちゃん。最終話を飾る『両国☆ポリネシアン』に至っては、完全に針が振り切れて、スイーツ女子に擬態したチャキチャキ下町娘が狂言回しを務め、なんと南国出身の力士に恋をする。そしてその恋はすべて成就する。

なぜならこれは、仕事をがんばる女性のために書かれたお仕事小説ではなく、仕事に疲れ不満で爆発寸前の女性のために書かれた、「ウルトラハッピーエンドな小説」だからだ。〝あとがきという名のいいわけ〟にあるとおり、少女マンガ並みにぶっ飛んだハッピーエンドで読者を現実逃避させることこそが、この小説の使命なのだ。書き手として、一回りも二回りもして辿り着いたアンサーという感じがする。さすがお姉様や!

著者の宮木あや子さんは、第五回『R-18文学賞』で大賞と読者賞をW受賞し、デビュー作『花宵道中』でいきなり大ヒットを飛ばした、同賞のプリンセス的存在である。腰まで届くやんごとなき黒髪に豪奢なお召し物、おっとりしつつ命令口調が似合いそうな喋り方も、まさに「姫」という感じだ(ただし「姫」と言うと怒る)。一見すると近寄りがたい以外のなにものでもないのに、宮木さんは優しい人である。ちょっと個人的な話になるが、『R-18文学賞』の二年後輩であるわたしがなかなか本を出せずにいるとき、会うたびに励ましてくれたのは宮木さんだった。右も左も分からない新人作家に声をかけて、孤独に陥らないように気を配るのは、本来なら編集者の仕事なんだろうけど、『R-18文学賞』に限ってはある時期まで、宮木さんがそういう役割を果たしていた。宮木さんがハブになってつながっていたからこそ、東日本大震災のあと、すぐにチャリティ同人誌の立ち上げにみんなが賛同して、『文芸あねもね』という形になったのだ。わたしは、当時まだ本を出したことがない、いわば素人だった。それでも躊躇なく声をかけてくれて、作品を発表するよう誘ってくれた宮木さんの度量や心意気は、本書で後藤ちゃんや中尾ちゃんが垣間見せるそれと、よく似ている気がする。

最終話、後藤ちゃんが資料の束でセンター長の横っ面を引っ叩き、啖呵《たんか》を切る場面が大好きだ。後藤ちゃんの声はこのときだけなぜか、宮木さん本人の声になって聞こえる。そして宮木さんが「パティ、大丈夫だから」と言うとき、それは頭の中で勝手に、「マリコ、大丈夫だから」に変換されるのだ。

宮木さんがわれわれ有象無象のアラサー女子作家から、「お姉様」と慕われる由縁である。

（やまうち・まりこ／作家）

目次・章扉デザイン　高柳雅人
イラスト　ワカマツカオリ

本書は、二〇一一年六月に日本経済新聞出版社より単行本として
刊行された作品を文庫化したものです。
文庫化にあたり、加筆修正をしております。
本書はフィクションであり、
実在するいかなる人物・団体・事件とも関係ありません。

MF文庫 ダ・ヴィンチ

憧憬☆カトマンズ

2014年10月25日　初版第1刷発行

著　者　宮木あや子
発行者　三坂泰二
編集長　稲子美砂
発行所　株式会社KADOKAWA
〒102-8177　東京都千代田区富士見2-13-3
03-3238-8521(営業)

編　集　メディアファクトリー
0570-002-001(カスタマーサポートセンター)
年末年始を除く平日10:00～18:00まで
03-5469-4830(編集部)

印刷・製本　大日本印刷株式会社

ISBN 978-4-04-067134-5　C0193

Printed in Japan
http://www.kadokawa.co.jp/

フォーマットデザイン　名久井直子

ファッション誌の
編集者になるはずが、
どうして私が校閲に!?

『校閲ガール』宮木あや子

KADOKAWA メディアファクトリー　単行本

ファッション雑誌の編集者を夢見て出版社に就職した河野《こうの》悦子《えつこ》。しかし「名前がそれっぽい」という理由で(!?)、悦子が配属されたのは校閲部だった。入社2年目、「こんなところ早く抜け出してやる」とばかりに口が悪い演技をしているが、段々自分の本性がナマイキな女子であるような錯覚に陥ってくる毎日だ。そして悦子の担当原稿や周囲ではたびたび、ちょっとしたトラブルが巻き起こり……!?

悲しい過去、
失った恋、
弔うことのできない想い

『セレモニー黒真珠』宮木あや子

KADOKAWA メディアファクトリー　MF文庫ダ・ヴィンチ

悲しいお別れを、やさしく見守ってくれるチーム葬儀屋。お葬式のご用命は、真心と信頼の旅立ち・セレモニー黒真珠まで――小さな町の葬儀屋「セレモニー黒真珠」を舞台に、シッカリしすぎなアラサー女子・笹島、喪服が異常に似合う銀縁メガネ男子・木崎、どこかワケあり気な新人ハケン女子・妹尾の3人が織り成す、ドラマティック+ハートウォーミングストーリー。解説は、南綾子。

なぜ僕は彼女を
抱けなくなって
しまったのか

『ロマンスドール』タナダユキ

KADOKAWA メディアファクトリー　MF文庫ダ・ヴィンチ

美人で気立てのいい園子に一目惚れして結婚した僕が、彼女にずっと隠し続けている仕事、それはラブドール職人。平穏に過ぎていく日常のなか、僕は仕事にのめり込み、あんなにも恋焦がれて結婚した園子とは次第にセックスレスに。いよいよ夫婦の危機かと思ったとき、園子はぽつりと胸の中に抱えていた秘密を打ち明けた。純愛と性愛とドールが交錯するラブストーリー。解説は、みうらじゅん。

〝妹〟を覗く男。
〝復讐〟を待つ女。
映画化もされた話題作

『乱暴と待機』本谷有希子

KADOKAWA メディアファクトリー　MF文庫ダ・ヴィンチ

演劇界、小説界で注目を集める本谷有希子の舞台作を、本人自ら小説化。陰気な借家に同居する〝妹〟こと奈々瀬と〝兄〟英則。奈々瀬は〝兄〟を喜ばせるため日々「出し物」のネタを考えながら、英則からこの世で最も残酷な復讐をされる日を待ち続けている。一方、英則はそんな〝妹〟を屋根裏から覗くという行為を繰り返していた……。2010年浅野忠信主演の実写映画が公開。解説は穂村弘。

飛ばされた先は……魔境⁉
ヘタレ男子×鉄拳女部長
＋北陸もののけ＝！？！？

『山本くんの怪難　北陸魔境勤労記』雀野日名子

KADOKAWAメディアファクトリー　MF文庫ダ・ヴィンチ

怪異を引き寄せてしまう体質の20代ヘタレサラリーマン男子・山本くんと、アラフォーのバリキャリ鉄拳女部長・経塚。地霊が息づく土地・福井に赴任した山本くんだが、そこにはキュートな夏井さん他「まちおこし」に躍起になるNPO法人が活動していた。経塚と夏井さんの板ばさみになる山本くんの奮闘が、笑えてちょっぴりじーんと泣けて、明日の仕事への活力をくれるふるさと怪談コメディ。

初恋の呪いを解くのは、
ろくでなしの王子様!?
看護大学での恋愛模様

『しらさぎ看護大学 恋愛カルテ 花の初恋症候群《シンドローム》』 山本 渚

KADOKAWA メディアファクトリー MF文庫ダ・ヴィンチ

もう好きでおったらあかんのに――幼なじみの秀ちゃんに失恋し傷心の芦田花が進学したのは四国の田舎にある「しらさぎ看護大学」。女子だらけの学生の中、3人の男子がいた。その中の超イケメン・山口誠二になぜかかまわれる花だが、彼はちょっぴり危険な男で……。花を初恋の呪いから解放する王子様は誰!? ちょっぴりビターな胸キュン学園恋愛小説。イラスト&番外編マンガは山崎童々。

嘘ついちゃった。
あのときの、痛い気持ち。
人気作家10名のアンソロジー

『嘘つき。　やさしい嘘十話』ダ・ヴィンチ編集部／編

KADOKAWA メディアファクトリー　MF文庫ダ・ヴィンチ

本当は、嘘なんてつきたくない。だけど——。誰かを大切に思うあまりに、ついてしまった嘘。そんな〝やさしさ〟から零れ落ちてしまった「嘘」が、10人の作家によって、小さな物語になりました。ビターで切ない、だけど心があったかくなる十話。執筆陣は、西加奈子、豊島ミホ、竹内真、光原百合、佐藤真由美、三崎亜記、中島たい子、中上紀、井上荒野、華恵。カバー写真は女優・上野樹里。

話題の作家12人が
A面とB面のある小説を
書いてみました

『秘密。 私と私のあいだの十二話』 ダ・ヴィンチ編集部／編

KADOKAWA メディアファクトリー MF文庫ダ・ヴィンチ

レコードのA面・B面のように、ひとつのストーリーを2人の別主人公の視点で綴った短編12編。宅配便の荷物を届けた男と受け取った男の、扉をはさんだ悲喜こもごも、バーで出会った初対面の男女、それぞれに願いを叶え合おうと、言った男と応えた女の思惑など……。出来事や出会いは、立場の違い、状況の違いでどう受けとめられるのか、言葉と言葉の裏にあるものが描かれた不思議な一冊。